KB088991

쩨다카

하브루타
삶의 원칙

쩨다카

하브루타 삶의 원칙

리브카 울머, 모쉐 울머 공저
김정완 감역

Tzedakah

같은 원리 다른 이름,
하브루타와 쩨다카

한국경제신문*i*

랍비 문헌에 기록된 쩨다카(기부)는 유대 민족의 역사상 가장 위대한 혜안이 담긴 도덕률 중 하나로 꼽는다. 가난과 궁핍은 인류가 출현한 이후 지금까지 끊긴 적이 한 번도 없었다. 히브리어 성경(특히 선지서)에 따르면, 모든 사람은 가난한 자를 돌봐야 할 책임이 있다.

랍비들은 '쩨다카'라는 포괄적인 제도를 관통하는 도덕적 혜안을 다듬었다. 여기에는 모든 사람은 하나님의 형상대로 창조됐기 때문에 누구에게나 존중받아 마땅하다는 근본적인 전제가 깔려 있다. 그러므로 사람은 이웃이 품위 있게 살도록 그들의 삶을 보살필 의무가 있다. 가난은 인간의 품위와 자존감을 얼마든지 훼손할 수 있으므로 쩨다카를 통해 이러한 상황에 민감하게 대처할 수 있도록 교육해야 할 것이다.

쩨다카를 둘러싼 통찰과 주석은 방대한 랍비 문헌에서 찾을 수 있다. 필자는 쩨다카를 논한 랍비 문헌을 상세히 살펴봤다. 이 책은 랍비들이 고안·창출해낸 쩨다카 제도를 분석할 요량으로 집필했고, 이를 위해 필자는 쩨다카를 몇 가지 범주로 나눈 뒤, 인용된 랍비 문헌을 알기 쉽게 설명했다. 모쪼록 독자 여러분이 쩨다카에 내재된 도덕적 혜안을 이해하고 그 진가를 알아주길 바란다.

같은 원리 다른 이름, 하브루타와 쩨다카

한국에서 하브루타 문화 운동에 뛰어든 지 올해로 8년째다. 그 사이 하브루타가 항간에 널리 알려지고 있는데, 특히 공교육에서 다른 어떤 교수 학습법보다 쉽고 재미있고 간편하며 성과가 좋다고 소문이 자자해 삽시간에 퍼져나가고 있다. 하지만 하브루타가 짝을 지어 질문하고 대화와 논쟁하는 것이라고만 소개하기엔 늘 아쉬움이 있었다.

필자는 유대인의 쉐마교육을 이 분야 대가인 현용수 박사로부터 지난 2001년부터 공부해오고 있다. 또한, 2011년부터는 한국교육 개혁의 비전을 품고 하브루타를 대안으로 내세우며 활발하게 강의와 저술 활동을 해오고 있다. 하지만 하브루타 하나로 감당하기엔 우리나라 교육이나 문화가 그리 쉽게 개혁될 것 같지 않았다. 특히 하브루타를 학교의 교실에서만 이뤄지는 교수학습법으로만 생각하는 세대에 대해 우려를 표명해왔다. 필자의 주장은 하브루타를 교육이 아닌 문화로 접근해야 한다는 것이었다. 유대인들은 하브루타를 삶의 방식The Way of Life이라고 늘 강조한다.

생각해보니, 그도 그럴 것이 유대인의 교육은 매우 유기적이어서 하브루타 하나만 이야기하면 절름발이밖에 되지 않는다. 하브루타 하나만으로는 만족할 수 없다는 것이 필자의 생각이다. 쩨다카는 이러한 필자의 생각에 가장 좋은 하브루타의 짝이 되는 개념이다.

쩨다카는 하브루타와 가장 잘 어울린다. 쩨다카는 의무적 자선을 말한다. 613개의 계명 중 하나다. 쩨다카 계명은 유대인들이 반드시 지켜야 할 매우 중요한 계명이다. 오죽하면 랍비 아시는 탈무드에서 유대인이 지켜야 할 613개의 계명 중 쩨다카 계명이 다른 612개의 계명을 합친 것과 같다고 했을까?

쩨다카와 하브루타의 관계는 다음 구약성경의 구절에 관한 탈무드 랍비들의 주석에서 유추할 수 있다.

흩어 구제해도 더욱 부하게 되는 일이 있나니 과도히 아껴도 가난하게 될 뿐이니라 구제를 좋아하는 자는 풍족해질 것이요 남을 윤택하게 하는 자는 자기도 윤택해지리라 (잠언 11:24-25)

보통은 이 구절을 남을 돕는 행위를 뜻하는 쩨다카(자선)에 해당한다고 하는데, 탈무드(버라호트 63a)는 쩨다카의 이런 원리가 토라 학습에도 그대로 적용된다고 밝히고 있다. 잠언 미드라쉬는 "토라를 배우려고 노력하는 세대를 보고도 그들을 가르치려고 하지 않는다면 토라의 지식은 오히려 줄어들 것이다. 다른 사람을 가르침으로써 사람은 토라 지식을 더욱 쌓을 수 있기 때문이다'라고 했다. 랄바그^{Ralbag}라는 사람은 "이웃을 가르치면 가르칠수록 그 사람은 더욱더 많은 것을 배우게 된다"고 주장했다. 랍비 예후다 하나시는 탈무드(마코트 10a)에서 "다른 사람들보다도 학생들에게서 더 많이 배웠다"라고 고백했다.

이 구절은 자선의 유익뿐만 아니라 하브루타로 서로 상대에게 토라를 가르치면 가르칠수록 서로가 더 큰 지식과 지혜를 얻는다는 것을 말하고 있다. 한마디로 나눌수록 더욱 풍성해지는 원리는 쩨다카나 하브루타나 모두 매한가지라는 점을 분명히 하고 있다.

그렇다면 유대인들이 토라와 탈무드를 하브루타 방식으로 배우는 이유가 더욱 명확해진다. 하브루타를 익힌다는 것은 쩨다카(자선)을 익히는 것과 같다. 그 반대도 참이다. 서로 돕는 마음으로 하브루타를 하면 자연스럽게 자선의 원리도 깨우치게 된다. 그 원리를 정리하면 다음과 같다.

	쩨다카(의무적 자선)	하브루타
성경구절	잠언 11:24-25	
대상	가난한 자	무지한 자
원리	나눌수록 더욱 풍부해진다	가르칠수록 더욱 지혜로워진다
공통점	죽은 자를 살리는 행위	
키워드	질문(겸손)	
결과	1. 지혜롭고 부유한 인재양성 2. 공동체 복지의 향상 3. 공동체 구성원 간 신뢰 형성 4. 공동체의 평화	

여기서 주목할 것은 하브루타나 쩨다카나 모두 질문(겸손)을 기반으로 한다는 사실이다. 하브루타의 핵심은 질문이다. 또한, 질문에는 겸손의 미덕이 있다. 서로 대화를 나누기 위해서는 질문이 선행돼야 한다. 또한, 지적 탐구를 하려면 질문이 없이는 불가능하다. 실제로 토라 학습의 첫 번째 원칙도 질문하는 것이다. 하지만 자선이 질문을 기반으로 한다는 점은 조금 낯설지도 모르겠다. 보통 누군가를 도우려면 어려운 형편에 있는 사람에게 다가가 "어떻게 도와드릴까요?" 하며 질문하는 것이 기본이다. 도움이 필요한 사람은 자기 입으로 도와달라고 말하기가 결코 쉽지 않다. 자존심이 허락하지 않을 수도 있기 때문이다. 이때 누군가 와서 도와준다고 하면 그런 자존감에 상처가 되는 것을 조금은 막을 수 있게 된다. 누군가에게 도움을 요청하는 입장과 돕겠다는 누군가의 요청을 허락하는 입장은 분명 다르기 때문이다. 또한, 무엇을 어떻게 도울 것인가도 매우 중요하기에 먼저 무엇을 필요로 하는지 질문하는 것이 반드시 필요하다. 빵이 필요한 사람에게 옷을, 옷이 필요한 사람에게 빵을 줄 수 없으니 쩨다카를 할 때 질문으로 가장 먼저 가난한 자의 필요를 파악하는 것은 매우 중요한 절차다.

실제로 랍비들은 아브라함과 욥을 쩨다카 또는 친절(그밀룻 하사딤)의 대명사로 꼽는다. 하지만 두 사람의 자선의 경중은 아브라함 쪽으로 기운다. 성경은 "날이 뜨거울 때에 아브라함이 장막 문에 앉아 있었다(창 18:1)"라고 기록하고 있다. 그는 당시 할례를 받아 몸이 불편했으나 찌는 듯한 더위에도 도움이 필요할 성싶은 과객을 찾아다녔고, 쑥스러워 도움을 청하기 어려워하거나 스스로 찾아올 수 없는 사람을 초대하기도 했다고 한다.

한마디로 말하면, 아브라함의 자선이 욥의 그것보다 더 위대한 이유는 욥은 도움이 필요한 사람이 도와달라고 요청할 때에야 비로소 도와줬던 것에 비해, 아브라함은 적극적으로 도움이 필요한 자들에게 다가가 "뭘 도와드릴까요?"라고 질문한 뒤에 도왔다는 것이다.

랍비들은 무지한 자와 가난한 자는 모두 죽은 자로 간주된다. 교육을 받지 못해 무지한 자든, 끼니를 이을 수 없이 가난한 자든 모두 불쌍한 자들이다. 이들을 교육적으로 살리는 길이 하브루타이고, 금전적으로 자립할 수 있도록 돕는 것이 쩨다카다.

하브루타로 무지한 자를 돕든, 쩨다카로 가난한 자를 돕든 둘 다 돕는 자들에게 더 큰 유익이 있다는 점은 공통점이다. 지혜로운 자가 대체로 부유한 자임을 감안하면 사람을 하브루타로 지혜롭게 하는 것이 부유하게 하는 것이고, 쩨다카로 경제적으로 자립하게 하는 것이 또한 그를 부유하게 하는 것이라고 말할 수 있다.

유대인에게 하나님은 지혜롭고 부유하다. 인간은 하나님의 형상을 닮았으므로 보통은 모두가 지혜롭고 부유해야 한다. 하지만 실제로는 그렇지 않으니 하브루타와 쩨다카로 이들을 도와줄 필요가 있다. 하나님의 형상을 회복하는 길이 바로 하브루타와 쩨다카에 있는 것이다. 유대인 사회를 살펴보면 하브루타와 쩨다카가 하나의 문화로 자리 잡은 걸 볼 수 있다. 늘 모이면 하브루타로 토라와 탈무드를 공부하고 그들은 시시때때로 쩨다카하는 것을 당연하게 여긴다. 하브루타로 교육을 받고 쩨다카를 실천하는 것은 원리와 실천이라는 측면에서도 떼려야 뗄 수 없는 동전의 양면과도 같다.

필자는 언제나 하브루타 강의나 수업을 할 때 동전이나 지폐를 나눠주고 쩨다카 박스에다 돈을 집어넣도록 해 쩨다카를 동시에 가르쳤다. 쩨다카의 원리를 아는 이들은 하브루타의 원리도 쉽게 이해한다.

필자가 이 책을 군이 감역하면서까지 소개하는 건 바로 이런 이유 때문이다. 하브루타와 쩨다카를 동시에 배워야 유대 전통의 진면목을 경험할 수 있고 하나의 바람직한 문화로 받아들일 수 있다는 점을 강조하고 싶었다. 원리와 실천은 결코 별개여서는 안 된다. 이 둘은 형태만 다를 뿐 원리는 같다. 하나이기에 결코 나눌 수 없다. 이 책을 통해 하브루타와 함께 쩨다카에 대한 깊이 있는 탐구가 이뤄지길 기대한다.

차례

유대교에서 가르치는 쩨다카(기부) 입문

'쩨다카Tzedakah'는 유대인의 역사 속에서 의미가 점차 달라졌다. 성경 시대에는 '의로움Righteousness'을 뜻해 노아처럼(창세기 6:9) 의로운 자를 '짜디크Tzadik'라 했다. '쩨다카(의무적 자선)'는 성서시대 이후 유대교에서 강조돼왔다.[1] 토라는 가난한 자를 위해 십일조를 징수하고, 밭 모퉁이와 수확하다 떨어뜨린 이삭은 가난한 자들이 거저 가져갈 수 있도록 남겨두라고 기록했다(페아). 기초생필품과 식량이 필요한 사람을 그렇게 도운 것이다.[2] 쩨다카에 주안점을 둔 성경 구절도 많은데 이를테면, 가난한 자를 외면한 자는 책망을 받았다고 한다.[3] 가난한 자에 해당되는 백성으로 과부와 고아 및 환자가 언급됐으나 우선순위가 따로 있는 건 아니었다.[4]

'쩨다카'를 둘러싼 사상은 후대 미쉬나와 미드라쉬 및 탈무드 문헌에서 재해석되다가 AD 200년에서 AD 600년에 이르는 랍비 시대에는 '쩨다카'에 새로운 의미가 부여됐다. 당시 유대인 중 일부는 도시에 살았기 때문에 남겨둔 밭 모퉁이와 이삭으로 제공하던 분배는 이뤄지지 않았다. 당시 보편적으로 적용되지 않았던 '쩨다카'의 주된 의미는 '의로운 기부'였다. 쩨다카는 남을 도우라는 계명Mitzvah으로 간주되기도 했다. 따라서 '자선'을 뜻

---

1) 프란츠 로젠탈Franz Rosenthal, 『히브리 유니온 대학 연감 23호Hebrew Union College Annual 23(1950/51), 411~30』에 수록된 「쩨다카(자선)Sedaka, Charity」. 참고문헌은 리브카 울머, 『유대교 입문Reader's Guide to Judaism(Chicago:Fitzroy Dearborn, 2000)』108~10에 게재된 「자선Charity」에 있다.
2) 레위기19:27, 30, 민수기 18:26, 신명기 12:17, 역대하 31:5, 느헤미야 13:12.
3) 예를 들면 신명기 15:7, 아모스 2:6, 이사야 1:17, 예레미야 7:6, 말라기 3:5, 잠언 30:10, 욥기 29:16.
4) 성경 관련 문헌은 모쉐 와인펠드Moshe Weinfeld, 『고대 이스라엘과 고대 근동지방의 사회정의Social Justice in Ancient Israel and in the Ancient Near East(Jerusalem: Magens Press, 1995)』 33~9. 게리 A. 앤더슨Gary A. Anderson, 『자선Charity: The Place of the Poor in the Biblical Tradition(New Haven: Yale University Press, 2013)』

하는 영어 '채러티Charity'는 '쩨다카'라는 랍비식 개념을 적절히 옮긴 것으로 보긴 어렵다. 자선에는 기부할지 말지, 누구에게 얼마나 할지에 대해 주체가 재량껏 결정한다는 뉘앙스가 있다. 그러나 랍비의 관점에서 보면 '쩨다카'는 모든 유대인이 감당해야 할 의무이며, 정교한 규제와 바람직한 요구 및 의무가 기부자와 수혜자 모두에게 있는 것이다. 미쉬나는 지속적으로 십일조를 하고, 성전의 지정된 곳에 선물을 놓아 가난한 자들의 필요를 따라 자급할 수 있도록 그들을 부양하라고 했다.

선물을 받을 자와 가난한 자를 규정한 탈무드에도 다양한 규정과 토론이 이어진다. 예컨대, 2끼를 해결할 수 있는 사람은 급식시설에서 제공하는 식량을 받을 수 있으나, 24끼의 식량을 확보한 사람은 자선 상자에 담긴 보급품도 받을 수 없다고 한다. 또한 2주즈(Zuz, 화폐단위)를 가진 자는 밭에 떨어진 이삭을 주울 수 없었다.[5] 식량과 옷가지를 가난한 자에게 빌려주는가 하면[6], 고아를 입양하고 부모가 없는 여인의 혼사를 돕기 위해 물심양면으로 노력한 사례도 있다.[7] 심지어는 가난한 자도 자선에 참여했으며[8] 가난한 친척을 위해 가족이 감당해야 할 의무와 소유물 매매에 대한 규정도 추가됐다.[9] 자선을 받을 우선권은 먼 지역 주민보다는 현지인이, 제삼자보다는 가족에게 돌아갔다.[10] 이방인도 수혜자가 될 수 있었다.

---

5) 미쉬나, 페아 8:7~8, 예루살렘 탈무드, 페아 29b.
6) 바벨론 탈무드, 여바모트 62b~63a.
7) 바벨론 탈무드, 산헤드린 19b, 커투보트 50a.
8) 바벨론 탈무드, 기틴 7b.
9) 바벨론 탈무드, 커투보트 68a, 슐한 아루흐Shulhan Arukh, 요레이 데아Yoreh Deah 253.1, 257.8.
10) 바벨론 탈무드, 바바 머찌아 71a, 미쉬나, 바바 카마 11:9, 슐한 아루흐, 요레이 데아 251.3.

하브루타 삶의 원칙 쩨다카

다만 특별한 경우가 아니라면 이방인이 베푸는 자선은 인정하지 않았다.[11] 여러 가지 기부 방식과 쩨다카 배분에 대한 순위도 언급됐다. 이를테면, 수혜자와 기부자가 서로를 알 수 없는 익명 기부가 가장 바람직한 것으로 꼽혔다. 탈무드와 미드라쉬 본문은 자선을 독려하고 의무로 규정했다.[12]

필자는 랍비 문헌에 드러난 쩨다카 제도를 분석해 독자들에게 이를 제시하기 위해 책을 집필했다. 우리는 그들의 가치관과 시각, 관점 및 선입견을 이해하기 위해 랍비의 머릿속에 들어갈 것이다.

쩨다카 논의는 기부와 기증(식량이나 옷가지)에 국한된다. 랍비 문헌의 방대한 '그밀룻 하사딤(Gemilut Hasadim, 친절한 행위, 인애)'을 전부 탐구하진 않을 것이다. '쩨다카'와 '그밀룻 하사딤'은 서로 유사한 점이 있지만 집필 범위는 쩨다카에 한정할 참이다. 쩨다카의 정의는 기부자가 자신의 재물 일부를 피기부자에게 제공하는 종교적 의무로 봄직하다. 그러므로 쩨다카를 거론했어도 이에 부합하지 않은 본문은 논외로 했다. 랍비 문헌의 본문은 체계적인 분석을 위해 몇 가지 카테고리로 구분했고, 이를 영어로 옮겨 랍비식 용어를 분명히 밝혔다. 랍비 문헌의 언어에 담긴 본질을 최대한 포착하기 위해 원문을 영어로 번역한 것이다.

랍비가 인용한 성경 본문의 주된 역문은 미국유대인출판협회The Jewish

---

11) 미쉬나, 기틴 5:8, 바벨론 탈무드, 기틴 61a~b, 슐한 아루흐, 요레이 데아 254.2.

12) 미쉬나, 아보트 1:2, 바벨론 탈무드, 바바 바트라 9a~b, 109b, 바벨론 탈무드, 버라호트 55a, 바벨론 탈무드, 커투보트 67b, 바벨론 탈무드, 샤바트 156b, 바벨론 탈무드, 타니트 20b.

Publication Society of America가 발행한 영역본 원문이다. 본문의 목적에 따라 역문이 인정되지 않는 경우도 더러 있다. 그럴 때는 필자가 본문을 직접 옮겨 랍비가 이해한 본문을 일러뒀다. 본문 분석에는 추측성 평론도 간혹 들어 있다. 기자의 지성·정서적 틀을 전부 확신할 수는 없기 때문이다.

랍비 문헌은 '아가다'와 '할라하' 문헌 둘로 구분되는데, 아가다는 내러티브와 묘사와 비규범적인 문헌인지라, 행위에 대한 윤리적인 기준은 암시할지언정 행동을 촉구하진 않는다. 반면, 할라하는 규범대로 인간이 실천하도록 권고한다. 필자는 쩨다카에 대한 여러 태도를 설명할 때 할라하와 아가다 본문을 굳이 구분하진 않을 것이다. 주제에 관련된 본문 예시는 랍비의 주장과 논증을 뒷받침할 수 있도록 성경을 인용하며 해석할까 한다.

앞으로 인용할 랍비 문헌이 대다수 독자에게는 익숙지 않을 수도 있으므로 참고문헌에 이를 간략히 소개했다. 랍비 문헌은 기록연대가 정확하지 않고 그냥 수 세기로 기술하는 경우도 더러 있다. 그래서 랍비 문헌의 기록연대는 측정하기가 매우 까다롭다. 작자를 밝히지 않은 채 초기에 전승된 기록이, 훨씬 뒤늦게 편집된 문집이나 저작에 실려 있을 가능성이 있기 때문이다. 심지어는 작자의 이름을 밝힌 진술조차도 그가 활동하던 시대보다 훨씬 전에 나온 것일 수도 있다. 랍비 문헌은 연대로 따지면 탄나임(AD 70~220년)이나 아모라임(AD 220~500년) 시대 혹은 아모라임 이후라야 옳을 것이다. 따라서 랍비의 시대나 사상을 글로 쓸 때는 선대 랍비의 의견과 일치하는 사상이 존재하리라는 점을 염두에 둔다. 물론 5세기가 훌쩍 넘는 동안 랍비들의 견해가 모두 일치한다는 뜻은 아니다. 그럼에도 이상적인 유대교 문화에는 수많은 랍비 문헌에서 어구^Expression를 찾아낸다는 속성이 있다.[13] 즉, 쩨다카는 랍비 문헌 및 유대교 창작자들을 오늘날까지 연결시키는 개념 중 하나인 셈이다.

---

13) 제이 해리스Jay Harris, 『히브리어 성서Hebrew Bible, Old Testament: The History of It's Interpretation(마그네 새보 Magne Saebo, Gottingen, 1996)』 1권, 256~69, 256에 수록된 「From Inner-Biblical Interpretation to Early Rabbinic Exegesis」

쩨다카 신학

쩨　다　카

"아담은 첫날 무엇을 이야기했는가? '땅과 거기에 충만한 것과 세계와 그 가운데에 사는 자들은 다 여호와의 것이로다(시편 24:1)'라고 했다."[1] 아담이 위의 구절을 인용했으리라는 것이 랍비들의 생각이었다. 아담은 에덴동산을 둘러보고 나서 우주의 창조주이자 만물의 주인이신 하나님을 인정하지 않을 수 없었을 것이다. 따라서 아담(인류)은 무언가를 잠시 손에 넣을 뿐, 만물의 소유권은 궁극적으로 하나님께 있다는 것을 알고 있었다.

하나님은 이스라엘의 주인으로서 이스라엘 백성들에게 잠시나마 땅을 소유하도록 허락했으나 두 백성(제사장과 가난한 자)에게만은 한정된 '소유권'조차 전혀 허락하지 않았다. 그렇다면 제사장과 가난한 자의 공통점은 과연 무엇일까?

---

1) Avot de Rabbi Natan아보트 드 랍비 나탄 17. 버전 b(셰크터Schechter 버전). 관련 구절은 바벨론 탈무드. 로쉬 하샤나 31a.

"두 집단은 이스라엘의 분깃을 소유하지 못하고 작물을 생산할 수도 없었다. 제사장들은 율법으로 토지 소유가 금지됐다.(신명기 18:1~5 참조). 대신 그들은 성전에서 하나님을 섬기는 종이 됐고 그러한 자격으로 식량을 제공받았다. 가난한 자 또한 과거에 누렸던 분깃을 모두 잃어버렸으나 소산의 일부를 받을 자격은 있었다. 하나님은 제사장과 가난한 자를 모두 도우셨다. 땅의 소유권도 없거니와 이스라엘 백성에게 약속한 경제적 번영도 누릴 수 없었기 때문이다(신명기 8:7~10 참조)."[2)]

랍비가 농경사회에서 쩨다카를 실천할 방안을 구체적으로 기록한 미쉬나 '페아Pe'ah'의 서론에서 발췌한 것이다. '페아'에서 제사장과 가난한 자가 자신을 보호하기 위해 하나님께 주장한 권리는 이스라엘 농부들의 수고를 통해 충족된다. 농부가 하나님의 땅에서 수고하기 때문에 땅의 소산 중 일부는 하나님의 것이 분명했다. 당시 농부가 소산에 대해 지켜야 할 의무는 두 가지로, 첫째는 제사장에게 바칠 십일조요, 둘째는 가난한 자에게 돌아갈 십일조였다.

"제사장과 가난한 자에게 돌아갈 몫을 지정했다는 점에서 한 가지 사고가 깔려 있음을 알 수 있다. 이를테면, 이스라엘 땅의 주인은 하나님이라는 것이다. 소유권이 신에게 있으므로 소산의 일부는 신성한 세금으로 하

---

2) 로저 브룩스Roger Brooks, 「미쉬나 농경법에 나타난 자선Support for the Poor in the Mishnaic Law of Agriculture: Tractate Peah(Chico, CA: Scholars Press, 1983)」 17~18. 그레그 엘리엇 가드너Gregg Elliot Gardener, 「랍비 유대교 초기의 자선Giving to the Poor in Early Rabbinic Judaism(PhD diss. Princeton, 2009)」

하브루타 삶의 원칙 쩨다카

나님께 헌납해야 마땅하다(레위기 27:30~33 참조). 미쉬나 편집자들에 따르면, 하나님은 각별히 보살피는 자들(제사장과 가난한 자)에게 당신의 소유를 지급하라고 명령하셨다."[3]

따라서 신학적인 관점에서 쩨다카를 '신성한 세금'으로 간주하면 이해가 쉽다. 취지상 '신성한 세금'은 하나님의 긍휼을 인정하는 것과도 같다. 사람은 하나님으로부터 받은 선물에 대해 감당해야 할 책임이 있다. 이 개념은 "네 재물과 네 소산물의 처음 익은 열매로 여호와를 공경하라"(잠언 3:9)에도 함축돼있다. 랍비들은 이를 실천해야 할 의무를 아래와 같이 풀이했다.

"하나님이 네게 베푼 것, 예를 들어 신이 네게 아들을 주셨다면 할례를 행하고, 집을 주셨다면 메주자(말씀을 넣어둔 대롱으로 문설주에 단다·옮긴이)와 난간을 만들고, 마당을 주셨다면 초막을 짓고(초막절을 지킬 때 마당에 초막을 짓는다·옮긴이), 양떼를 줬다면 초태생은 구별해두고, 금과 은을 주셨다면 쩨다카 계명을 준행하라."[4]

'금과 은'을 받은 사람이 지켜야 할 계명이 바로 쩨다카 계명이다. 또한, 사람은 쩨다카를 가난한 사람에게 베풀어야 할 의무가 있다. 가난한 자에 대한 하나님의 특별한 관심 때문인데, 이 특별한 관심은 본디 셋으로 구분

---

3) 같은 책 p. 18.
4) 페식타 라바티 25:4. 울머(편).

한다. 1)하나님은 가난한 자의 후견인이고, 2)하나님은 가난한 자의 권익을 보호하며, 3)하나님은 긍휼을 느끼는 분이기에, 지위와 입장이 합당한 자라면 누구든 가난한 자를 도우라고 주문하신다. 하나님이 가난한 자의 후견인이므로 그들은 신이 반드시 보호하고자 하는 백성의 일원인 셈이다.

"드로메아의 랍비 룰라아누스는 랍비 유다 바르 쉬몬의 가르침을 인용하며(이름으로) 이르기를 '하나님은 이스라엘 백성에게 말씀하셨다. 너희 가정에 4부류의 사람(아들과 딸, 남종 및 여종)이 있듯이, 내게도 4부류가 있으니 첫째는 레위인이요, 둘째는 나그네며, 셋째와 넷째는 각각 고아와 과부니라.'"5)

고아와 과부는 겉으로도 가난해 보이는 데다 생계를 유지할 여력이 거의 없는 경우가 많아 하나님이 자주 언급하는 가난한 자 범주에 속하는 대상이다. 가난한 자는 신이 보호하는 백성들로서, 그들을 도우라고 명령한 거룩한 법에 따라 수혜자가 될 권리가 있다. 랍비들은 잠언 22장 22절("약한 자를 그가 약하다고 탈취하지 말며 가난한 자를 성문에서 압제하지 말라")을 분석하면서 이 법을 거론했다.

"성경은 무엇을 가리키는가? 사람이 가난하다면 과연 탈취할 것이 있을까? 따라서 성경은 가난한 자에게 돌아갈 이삭과 잊은 곡식단, 밭 모퉁이 및 십일조 등의 선물을 가리킨 것이리라. 하나님은 가난한 자들이 마땅히

---

5) 페식타 드 라브 카하나Pesikta de Rav Kahana 11, 100a(부버 버전), 신명기 16:14도 참조.

하브루타 삶의 원칙 쩨다카

받아야 할 것을 탈취해선 안 된다고 경고하신 것이다. 밭 주인이 가진 것에 만족하지 못하면 하나님은 그 베푸신 것마저 빼앗을 것이다."[6]

성경을 보면 하나님은 선지자를 통해 가난한 자를 도와야 한다는 명분을 변호하셨다. 선지자의 변론은 랍비의 머릿속에 지울 수 없는 인상을 남겼다.

"가난은 치욕적인 오명이 아니요, 열등한 유전의 징조도 아니라는 교훈은 유대인들의 가슴속에 깊이 각인됐다. 가난은 부정과 탐욕으로 점철된 사회적 병폐가 빚어낸 결과일지도 모른다."[7]

따라서 우리는 가난한 자를 업신여겨서는 안 되며, 가난한 자는 하나님과 사이가 각별하므로 오히려 가난한 자는 자긍심을 가져도 좋다. 랍비 문헌도 하나님과 가난한 자 사이의 각별한 관계를 강조한 바 있다. 예컨대 《출애굽기 랍바》'에 따르면 가난한 자는 하나님의 백성[8]이라 하고, 바벨론 탈무드의 너다림 81a은 '가난한 자들 가운데서 토라가 전수됐다'고 한다.

하나님은 토라에 기록된 바와 같이 긍휼하신 분이다.

---

6) 민수기 라바 5:

7) E. 패리스 F. 론E. Farris. F. Laune 및 A. 토드A. Todd(편)의 『자선활동의 지성Intelligent Philanthropy(Chicago : University of Chicago Press, 1930)』 52~89, 64에 수록된 모르드카이 M. 카플란Mordecai M. Kaplan의 「유대인의 자선활동Jewish Philanthropy : Traditional and Modern」. 자선활동과 기부의 관계를 논의하고 조사한 결과는 에프라임 프리슈Ephraim Frisch의 『유대인 자선활동에 대한 역사적 고찰An Historical Survey of Jewish Philanthropy, From the Earliest Times to the Nineteenth Century(New York : The MacMillan Company, 1924)』 13을 보라.

8) 출애굽기 라바 31 : 13.

"네가 만일 너와 함께한 내 백성 중에서 가난한 자에게 돈을 꿔주면 너는 그에게 채권자 같이하지 말며 이자를 받지 말 것이며, 네가 만일 이웃의 옷을 저당 잡거든 해가 지기 전에 그에게 돌려보내라. 그것이 유일한 옷이라 그것이 그의 알몸을 가릴 옷인즉 그가 무엇을 입고 자겠느냐 그가 내게 부르짖으면 내가 들으리니 나는 긍휼로운 자임이니라."(출애굽기 22:25~27)

하나님은 긍휼하시기 때문에 가난한 자들에 대해 긍휼을 품지 않는 사람은 하나님을 거부한 것으로 간주된다. 랍비들은 긍휼이 없는 사람을 심각한 죄인으로 규정했다. 바벨론 부자들에 대해 라브는 그들이 게힌놈(Gehinnom, 지옥)에 빠질 거라고 경고했다. 어느 학자가 연구에 쓸 자금을 요구하자 그들이 이를 거절했기 때문이다. 결국, 이런 부자들은 출애굽 당시 이스라엘 백성과 동행한 잡다한 민족의 후손일 게 분명하다는 것이다.

"'그러면 하나님은 너를 긍휼히 여기시고 긍휼을 더하실 것이요'(신명기 13:17)라 일렀은즉, 이웃에게 긍휼을 베푸는 자는 누구나 아브라함의 자손이 분명할 터이요, 이웃에게 긍휼을 베풀지 않는 자는 누구든 우리의 조상인 아브라함의 자손이 아닐지니라." [9]

긍휼은 세상을 창조할 때 활용된 신의 성품이었다. "거룩하시고 복되신 하나님은 일곱 가지로 당신의 세상을 창조하셨는데, 지식과 명철, 능력, 인

---

9) 바벨론 탈무드, 베짜 32b.

하브루타 삶의 원칙 쩨다카

자와 긍휼, 심판과 책망으로니라"[10] 하나님은 이스라엘 백성을 창조하셨으므로 긍휼은 집단적인 성품의 핵심이기도 하다.

랍비 문헌에 따르면, 다윗왕은 다음과 같이 이야기했다고 한다.

"이 민족(이스라엘)은 세 가지 성품으로 구별되니, 긍휼을 느끼고 하나님을 경외하며 자선을 베푸는 마음이라. 긍휼을 두고는 기록된바, '너를 긍휼히 여기시고 긍휼을 더하사, 네 조상들에게 맹세하심 같이 너를 번성하게 하실 것이라'(신명기 13:17)함과 같다. 하나님을 경외하는 마음에 대해서는 기록된 바와 같이 '모세가 백성에게 이르되 두려워하지 말라 하나님이 임하심은 너희를 시험하고 너희로 경외해 범죄하지 않게 하려 하심이니라'(출애굽기 20:20)함과 같으며, 자선을 두고는 '여호와의 도를 지켜 의와 공도를 행하게 하려고 그를 택했나니 이는 나 여호와가 아브라함에게 대해 말한 일을 이루려 함이니라'(창세기 18:19) 함과 같으니라."[11]

결국, 긍휼과 자선(쩨다카)을 베푼다는 것은 하나님이 이스라엘 백성에게 기대하는 성품으로 봄직하다. 하나님은 인간이 당신의 성품을 닮아야 한다고 말씀하셨기에 사람에게 긍휼과 자선을 기대하신다. 인간은 이로써 '이미타티오 데이Imitatio Dei,' 즉 하나님을 닮게 된다. 인간은 긍휼을 통해

---

10) 『랍비 나탄의 선조The Fathers according to Rabbi Nathan(Judah Goldin ; New York, 1955(개정판 1974)』 37장, 153쪽.
11) 바벨론 탈무드, 여바모트 79a.

창조주를 닮는다.

"여호와는 나의 힘이요, 노래이시며 나의 구원이시로다. 그는 나의 하나님이시니 내가 그를 찬송할 것이요 내 아버지의 하나님이시니 내가 그를 높이리로다"(출애굽기 15:2)에서 난해한 어구인 '내가 그를 높이리로다'를 두고 압바 샤울은 '하나님을 닮는다'는 뜻으로 풀이했다. 하나님은 은혜로우시고 긍휼하신 것같이 너희도 은혜와 긍휼을 베풀어야 한다는 뜻이다.[12]

하나님의 긍휼을 닮아야 하는 이유로는 가난한 자를 도우라고 규정한 계명과 긍휼을 베풀 때 높아지는 사람의 품격을 꼽는다. 사람은 행위로써 자아가 승화된다. "대개 긍휼과 자선은 모든 계명에 적용되는데 계명을 실천한다는 목적을 차치하더라도 계명을 지키면 교양과 품격은 높아지게 마련이다. 반면, 계명을 위반한 사람은 영성이 더러워지고 아둔해진다."[13] 따라서 랍비들은 하나님처럼 긍휼을 베풀어야 한다고 생각했다.

"어찌 그러한가? 거룩하시고 영원히 복의 근원이 되시는 하나님은 이스라엘이 어디에 거하든 그들에게 긍휼을 베푸셨기 때문이라. 하나님은 가난한 자와 궁핍한 자를 비롯해 고난을 당하고 핍절한 자에게뿐 아니라, 고아가 도와달라고 호소할 때 그들에게 긍휼을 베푸셨고 과부에게는 항

---

12) 바벨론 탈무드, 샤바트 133b.
13) 제이콥 I. 쇼케트Jacob I. Schochet, 『그밀롯 하사딤Gemilut Chasadim(Brooklyn, NY: Kehot Publications, 1967)』 15.

하브루타 삶의 원칙 쩨다카

상 그리하셨느니라. 이와 마찬가지로 사람도 이스라엘이 어디에 거하든 그들에게 긍휼을 베풀어야 마땅하고, 가난한 자와 궁핍한 자를 비롯해 고난을 당하고 핍절한 자에게뿐 아니라, 고아가 도와달라고 호소할 때 그들에게 긍휼을 베풀고, 과부에게는 항상 그리해야 하느니라. 그러면 아내는 과부가되지 않을 것이요, 자녀도 고아가 되지 않을 것이라. 기록된바, '너는 이방 나그네를 압제하지 말며 그들을 학대하지 말라 너희도 애굽 땅에서 나그네였음이라. 너는 과부나 고아를 해롭게 하지 말라. 네가 만일 그들을 해롭게 하므로 그들이 내게 부르짖으면 내가 반드시 그 부르짖음을 들으리라. 나의 노가 맹렬하므로 내가 칼로 너희를 죽이리니 너희의 아내는 과부가 되고 너희자녀는 고아가 되리라'(출애굽기 22:21~24) 함과 같으니라.[14]

하나님은 완벽히 모범을 보이셨다. 인간은 힘이 닿는 데까지 하나님의 행동을 닮아야 한다. 하나님은 의도적으로 행동하고, 인간에게 바람직한 요령을 가르치기 위해 행동하기 때문이다. 도덕적인 행위에 의문이 생긴다면 하나님께 지도Guidance와 귀감을 구해야 할 것이다. 랍비 하마 벤 랍비하나나는 "너희는 너희의 하나님 여호와를 따르며"(신명기 13:4)의 뜻을 이렇게 풀이했다.

"하나님을 따른다는 것이 가능한가? 거룩하시고 복되신 하나님의 성품을 따라 행하라는 뜻으로 보인다. '여호와 하나님이 아담과 그의 아내를

---

14) 세데르 엘리야후 라바Seder Eliyahu Rabbah 27, 143쪽(프리드먼 버전).

위해 가죽옷을 지어 입히시니라'(창세기 3:21)에서 하나님이 벌거벗은 자에게 옷을 입힌 것과 같이, 너희도 벌거벗은 자에게 옷을 입히고, '여호와께서 마므레의 상수리나무들이 있는 곳에서 아브라함에게 나타나시니라'(창세기 18:1)에서 거룩하시고 복되신 하나님이 병든 자를 찾으신 것처럼 너희도 병든 자를 찾고, '그가 골짜기에 그를 장사하시니라'(신명기 34:6)'에서 거룩하시고 복되신 하나님이 죽은 자를 장사하신 것처럼 너희도 망자를 장사해야 할지니라."[15]

랍비들에 따르면, 인간뿐만 아니라 천사도 쩨다카를 베풀었다고 하니 흥미롭다.

"랍비 암미가 랍비 슈무엘 벤 나흐만에게 '하나님이여 주의 의(쩨다카)가 또한 지극히 높으시니이다(시편 71:19)'의 뜻을 묻자 그가 대답하기를 아래에 있는 인간에게 서로의 의가 필요하듯, 위에 있는 천사도 서로의 의가 필요하다는 뜻이라. 기록된바, '하나님이 가는 베옷을 입은 사람에게 말씀해 …'(에스겔 10:2)와 같으니라.[16]

여기서 '가는 베옷을 입은 사람'은 그룹(천사)을 가리킨다. 그룹이 옷을 입었다면 옷감이 필요한 그룹이 있다는 이야기일 테니, 가난한 천사도 사람과 마찬가지로 '쩨다카'가 필요했으리라는 추측이 가능하다.

---

15) 바벨론 탈무드, 소타 14a.
16) 레위기 라바 31:1.

하브루타 삶의 원칙 쩨다카

천사뿐 아니라 하나님도 쩨다카를 베푸셨다. 아래 구절은 하나님이 베 푸신 쩨다카를 비교하며, 이 중 가장 위대한 쩨다카는 무엇인지 묻는다. 인용한 본문 첫 단락에서는 단 지파 사람들의 우상숭배를 거론한다. 그럼 에도 하나님은 단 사람에게 라이스 민족과의 전쟁에서 승리를 안겨주셨 다. 둘째 단락을 보면 랍비 슈무엘 바르 나흐만은 히브리인들이 우상을 숭 배했음에도 하나님이 그들에게 만나를 보내주신 사건을 가장 위대한 쩨 다카로 꼽았다.

"'단 자손이 미가가 만든 것(우상의 형상)과 그 제사장(우상을 숭배하는 제 사장)을 취해 라이스에 이르러 한가하고 걱정 없이 사는 백성을 만나 칼날 로 그들을 치며 그 성읍을 불사르되'(사사기 18:27)에서 그들은 우상을 숭배 했음에도 승리를 쟁취할 수 있었느니라. 이보다 더 위대한 쩨다카가 어디 있으랴? '주여 공의는 주께로 돌아가고 수치는 우리 얼굴로 돌아오나이다 (다니엘 9:7).'

랍비 슈무엘 벤 나흐만이 이르되 '이스라엘에 만나가 내려온 날에도 그 들은 우상을 숭배한 데다 만나를 취해 우상에게 제물로 바쳤느니라. 기록 된바, '또 내가 네게 줘서 먹게 한 나의 음식…'(에스겔 16:19)과 같으니라.'"[17]

신학적으로 쩨다카를 달리 풀이한 뜻은 이렇다. 하나님은 사람이 가난

---

17) 페식타 드 라브 카하나 11, 99a(부버 버전).

한 자의 형편을 보고 어떻게 대응할지 끊임없이 시험하신다는 것이다. 따라서 인간의 도덕적인 성품은 그가 쩨다카를 실천할 기회에 대처하는 자세에 따라 하나님께 밝히 드러나게 마련이다. "시험에 견디는 자는 행복한 자라. 하나님이 시험하지 않는 자는 없기 때문이라. 하나님은 부자가 가난한 자에게 손을 펴는지 보시려고 그들을 시험하실 것이라."[18]

가난한 자는 하나님이 보호하시는 백성들이므로, 신은 항상 그들 곁에서 그들이 어떤 대접을 받는지 주목하신다. "랍비 아분이 이르기를 가난한 자가 네 문 앞에 서 있을 때 거룩하시고 복되신 하나님은 그의 오른편에 서 계신다. 그에게 자선을 베풀면 우편에 계신 하나님은 네게 복을 내려 주시지만, 그러지 않으면 너를 저주하실 것이다. 기록된바, '그가 궁핍한 자의 오른쪽에 서사 그의 영혼을 심판하려 하는 자들에게서 구원하실 것임이로다'(시편 109:31) 함과 같으니라.'"[19] 하나님은 사람이 쩨다카를 준행하는지 시험하시고 이를 평가할 수 있는 이상적인 위치에 계신 분이다.

인생이 확실하지도 않은 데다 한 치 앞도 내다볼 수 없다는 사실도 랍비들에게 영향을 줬다. 부를 확보할 수 있다고 자신할 수 있는 사람은 아무도 없다. 그렇다고 쩨다카 의무를 외면할 수도 없다. 하나님이 언제 그를 가난하게 만드실지 알 수 없기 때문이다.

---

18) 출애굽기 라바 31:3.
19) 룻기 라바 5:9.

하브루타 삶의 원칙 쩨다카

"세상에는 영원히 회전하는 바퀴가 있어 오늘 부자인 사람이 내일도 그러리라는 보장이 없고, 오늘 가난하다고 해서 내일도 그러리라는 보장이 없느니라. 하나님이 누군가를 몰락시키면 다른 이는 부상할 것이라. 일렀으되 '오직 재판장이신 하나님이 이를 낮추시고 저를 높이시느니라'(시편 75:7) 함과 같으니라."[20]

랍비 문헌에 기록된 불확실성 때문에 사람은 쩨다카를 베풀 기회를 최대한 활용해야 한다. 쩨다카의 결과는 누구도 장담할 수 없다.

"랍비 여호수아가 이르기를 '아침에 1페루타(Perutah, 화폐단위)를 가난한 자에게 주고 난 후 저녁에 또 다른 사람이 찾아와 네 앞에 선다면 그에게도 주라. 네 손에서 나온 두 가지 행실이 계속될지 네가 알 수 없기 때문이라. 기록된바, '너는 아침에 씨를 뿌리고 저녁에도 손을 놓지 말라 이것이 잘 될는지, 저것이 잘 될는지, 혹 둘이 다 잘 될는지 알지 못함이니라'(전도서 11:6) 함과 같으니라.'"[21]

세상의 불확실성과 아울러, 랍비들은 '신정론(Theodicy, 전지전능하고 긍휼한 신과 악의 존재가 서로 공존함으로써 나타나는 문제를 설명하는 데 적용되는 신학적인 개념·옮긴이)'에도 관심이 있었다. 특히 그들은 빈곤으로 알려진 '악'이 존재하

---

20) 출애굽기 라바 31:3.
21) 아보트 드 랍비 나탄 3, 버전 a(셰크터 버전).

는 이유를 자문해봤다.[22] 하나님이 가난을 허락하신 이유는 무엇일까? 이 난제를 두고 한 랍비는 이방인 회의론자 투르누스 루푸스Turnus Rufus와 랍비 아키바Rabbi Akiva의 대화를 인용했다.

"투르누스 루푸스가 랍비 아키바에게 물었다. '하나님이 가난한 자를 사랑한다면 왜 가난한 자를 직접 도와주시지 않는가?' 이때 랍비가 대답하되 '우리가 가난한 자를 통해 게힌놈의 심판에서 구원을 받기 때문이라. 한 가지 비유로 말하자면 다음과 같다. 종에게 화가 난 왕이 그를 옥에 가두면서 그에게는 음식을 전혀 주지 말라고 명했다. 이때 동료 종이 그에게 먹을 것을 줬다 치자. 그 사실이 왕의 귀에 들어갔다면 그가 화를 내지 않겠는가? 기록된 바와 같이 너희는 종이라 부름을 받았느니라. "이스라엘 자손은 나의 종들이 됨이라. 그들은 내가 애굽 땅에서 인도해낸 내 종이요, 나는 너희의 하나님 여호와이니라"(레위기 25:55) 함과 같으니라.'"

랍비 아키바가 또 이르기를 '또 다른 비유를 들어보자. 아들에게 화가 난 왕이 그를 옥에 가두면서 그에게는 음식을 전혀 주지 말라고 명령했다고 치자. 이때 어떤 이가 왕자에게 먹을 것을 줬고 이 사실이 왕의 귀에 들어갔다면 왕이 그에게 선물을 보내지 않겠는가? 기록된 바와 같이 너희는 아들이라 부름을 받았느니라. "너희는 너희 하나님 여호와의 자녀이니"(신명기 14:1) 함과 같으니라.'

---

22) 포드J. 매싱버드Ford J. Massyngberde, 『예수의 새로운 길New Way of Jesus(Newton, Kan : Faith and Life Press, 1980)』 39~55에 수록된 「고대 유대인이 가난을 보는 관점Three ancient Jewish views of poverty」

하브루타 삶의 원칙 쩨다카

투르누스 루푸스가 랍비에게 이르되 '아들과 종으로 부름을 받았는데 하나님의 뜻대로 행하면 아들이라 칭하고 하나님의 뜻을 거역하면 종이라 하니, 그대는 하나님의 뜻을 거역하고 있는 것이라.'

랍비 아키바가 대답하되 "또 주린 자에게 네 양식을 나눠 주며 유리하는 빈민을 집에 들이며 헐벗은 자를 보면 입히며 또 네 골육을 피해 스스로 숨지 아니하는 것이 아니겠느냐"(이사야 58:7)"[23]

첫 단락에서 랍비 아키바는 '긍휼하신 하나님이 어찌 가난한 자의 고난을 허락하실 수 있느냐?'라는 난제에 부딪혔다. 하나님은 왜 가난한 자를 창조하셨을까? 랍비 아키바의 대답은 가난한 자가 구원을 얻는 도구가 된다는 랍비의 사상을 대변한다.[24] 즉, 가난한 자를 도와 쩨다카를 베풀면 게힌놈(지옥)의 심판을 피할 수 있다는 것이다. 쩨다카를 둘러싼 상벌의 개념은 다음 장에서 좀 더 논할까 한다.

랍비 아키바의 첫 답변 후, 회의론자인 투르누스 루푸스는 하나님이 가난한 자를 창조하셨기 때문에 하나님 자신이 가난을 원한다고 주장했다. 하나님 나름대로 이유가 있을 테니 가난한 자의 형편을 덜어주려는 노력은 '종'이 하나님을 거역한 행위로 봄직하다는 논리다. 랍비 아키바는 적절

---

23) 바벨론 탈무드, 바바 바트라 10a.

24) 앨리사 M. 그레이Alyssa M. Gray, 「계간 유대교학Jewish Studies Quarterly 18(2011)」144~84, 161에 수록된 「구원을 이루는 자선활동과 후기 고전사회의 랍비Redemptive Almsgiving and the Rabbis of Late Antiquity」에는 자선활동의 구제에 주안점을 뒀다.

한 비유로 이를 반박했다. 가난한 자는 그렇지 않은 사람과 마찬가지로 하나님의 '아들'이므로 하나님의 자녀가 가난한 '아들'을 도우면 하나님은 분명 그들에게 감사해한다는 것이다. 그러자 투르누스 루푸스는 이스라엘 백성이 '종'과 '아들'로 지명됐다는 점을 들어 반박했다. 하나님께 거역할 때는 '종'이고 순종하면 '아들'인데 쩨다카를 베푼 그들은 하나님을 거역한 '종'이 확실하다고 그는 덧붙였다. 이때 랍비 아키바는 논란에 종지부를 찍기 위해 이사야 58:7을 인용했다. 가난한 자를 돕는 것은 모든 인류의 의무라는 말씀이다.

랍비들이 '티쿤 올람(Tikun 'Olam, 세상을 개선한다)'을 실천해야 할 사명을 의식하고 있다는 점도 주목할 필요가 있다.[25] 그들에 따르면, 세상은 완전하지 못하기 때문에 이를 개선하기 위해 인간이 창조됐다. 즉, 가난한 자를 돕는 것(쩨다카 실천)은 하나님이 사람을 창조한 목적과 부합한다는 것이다. 어느 철학자가 한 번은 랍비 호샤야에게 비슷한 질문을 던진 적이 있다. 랍비는 6일간 창조된 모든 피조물은 개발이 필요하다. 예컨대, 겨자와 루핀 씨에는 감미료를 넣어야 하고 밀은 도정을 해야 한다. 사람도 계발이 필요하다"[26]고 했다.

따라서 쩨다카를 실천하면 인류를 향한 하나님의 사명을 일부나마 완

---

25) 「쩨다카의 원동력The Dynamics of Tzedakah(Jerusalem: The Shalom Hartmann Institute for Advanced Judaic Studies, 1981)」
26) 창세기 라바 11:6.

하브루타 삶의 원칙 쩨다카

성해 하나님과 좀 더 가까워질 수 있을 것이다. 이러한 논리는 아래 인용한 랍비 문헌에도 잘 나타나 있다.

"랍비 레아자르 벤 랍비 요세이가 이르기를 '쩨다카와 그밀롯 하사딤은 하늘에 계신 아버지와 이스라엘 사이에 돈독한 유대감과 큰 평화를 가져올 것이다. 기록된바, "여호와께서 이와 같이 말씀하시되 초상집에 들어가지 말라. 가서 통곡하지 말며 그들을 위해 애곡하지 말라. 내가 이 백성에게서 나의 평강을 빼앗으며 인자와 사랑을 제함이라. 여호와의 말씀이니라"(예레미야16:5) 함과 같으니라' 인자(仁慈)는 그밀롯 하사딤을, 사랑은 쩨다카를 가리킨다. 이는 쩨다카와 그밀롯 하사딤이 하늘에 계신 아버지와 이스라엘 사이에 평화를 가져온다는 교훈을 가르치느니라."[27]

위 단락은 쩨다카와 평화의 끈끈한 연결고리를 암시한다. 다시 말하면, 쩨다카를 실천하면 세상의 평화를 좀 더 낙관할 수 있다는 이야기다. 하나님의 계획 아래 쩨다카와 평화는 서로 떼려야 뗄 수 없는 관계이므로 "쩨다카와 평화는 비례한다The more Tzedakah, the more peace"는[28] 격언이 두루 회자되고 있다.

---

27) 토세프타, 페아 4:21, 61쪽(리버먼 버전), 유사한 기록은 바벨론 탈무드, 바바 바트라 10a.
28) 미쉬나, 아보트 2:7.

02장

랍비의 눈으로 본 가난과 수치심

쩨 다 카

쩨다카에 대한 의무는 기부자의 형편이 어느 정도 좌우했다. 의무가 평생 최빈곤층에 묶인 사람을 지원하는 데 국한된 것만은 아니었다. 전에는 부유했어도 지금은 고기와 와인이 없는 사람은 쩨다카의 수혜자가 될 수 있었다. 수혜자의 체면과 품위를 살려주는 것도 랍비들이 관심을 쏟은 문제였다. 결론부터 말하자면 랍비 문헌에서 '가난'은 상대적인 개념으로 이해해야 한다. 사람은 각자의 필요를 충족시키며 살기 때문에 어떤 이의 눈에는 '부'로 보이는 것이 어떤 이에게는 '가난'으로 보일 수도 있다는 것이다. 따라서 독자는 가난을 '융통성 있게' 봐야 한다는 점을 명심해야 한다. 그럼에도 랍비들은 가난을 정의하기 위해 안간힘을 썼다. 아래 본문에 노력의 흔적이 보인다.

"가난한 자의 이름은 여덟 가지로 '아니Ani'와 '에비온Evyon,' '미스켄Misken,' '라쉬Rash,' '달Dal,' '다흐Dakh,' '마흐Makh' 및 '헬레흐Helekh'니라. 아니는 글자대로 '가난하다'는 뜻이요, 에비온은 모든 것을 열망하기 때문에 붙인 이름이며, 미스켄은 모두에게 멸시를 받기 때문에 붙인 이름이라. 기록된바, '지혜가 힘보다 나으나 가난한 자의 지혜가 멸시를 받고 그의 말들을 사람들이 듣지 아니한다 했노라'(전도서 9:16) 함과 같으니라. 라쉬는 재산이 몰수돼 붙인 이름이며, 달은 재산이 단절돼 붙인 이름이며, 다흐는 그가 맥을 못 추기 때문에 붙인 이름으로 눈으로 보긴 해도 먹지 못하고 보긴 해도 마시지 못하느니라. 마흐는 모든 사람 앞에서 비천하게 돼 붙인 이름으로 낮은 문지방과 같으리라. 모세가 이스라엘 백성에게 경고한 바와 같이 '만일 네 형제가 가난해 그의 기업 중에서 얼마를 팔았으면 그에게 가까운 기업 무를 자가 와서 그의 형제가 판 것을 무를 것이요'(레위기 25:25)."[1]

앞서 열거한 개념은 일부라도 과거의 형편에 따라 다양한 사람들에게 적용될 수 있다는 것을 알아야 한다. 이를테면, 전에 부유했던 사람도 '다흐'가 될 수 있다는 이야기다. 그는 값비싼 고기를 먹지 못하고 고급 와인도 더는 마실 수 없기 때문이다. 평생 가난에 찌든 사람은 망연자실해 배속에 들어가는 음식을 먹을 수가 없을 것이다.

가난은 사회 구성원 일부가 항상 감당해야 하는 영구적인 상황이라는 것

---

1) 레위기 라바 34:6.

하브루타 삶의 원칙 쩨다카

이 랍비 대다수의 의견이다. 메시아 시대에도 가난은 지속될 것이다. "슈무엘이 이르기를 '외세의 탄압을 제외하면 메시아 시대와 이생은 차이가 없을 것이다 기록된바, '땅에는 언제든지 가난한 자가 그치지 아니하겠으므로 …'(신명기 15:11) 함과 같으니라."[2] 빈곤이 항상 함께할 테니 우리는 모두 가난이라는 악과 고난을 완화할 책임이 있을 것이다. 이는 '티쿤 올람'에(1장 참조) 대한 사명을 감당하는 중추적인 역할 중 하나가 된다.

가난은 각 세대에 존재해왔으므로 자신의 가정이나 자손은 예외일 거라는 방심은 금물이다. 인류는 가난을 전혀 피할 수 없기 때문에 가난의 저주가 언젠가는 모든 가정에 찾아들 것이 분명하다.

"랍비 엘르아자르 하카파르가 이르되 '이 운명(가난)에서 구원을 받으려면 긍휼을 애원하는 기도를 드려야 할지니라. 저가 가난해지지 않으면 그의 아들이 가난해질 것이요, 아들이 아니라면 손자가 가난해질 것이기 때문이라. 일렀으되 "이유인 즉(비겔랄begelal), 이로 말미암아…"(신명기 15:10) 함과 같으니라' 랍비 이슈마엘 학파는 '세상에는 회전하는 바퀴(갈갈galgal)가 있다'고 가르쳤느니라."[3]

가난이 어느 정도는 인간의 손에서 벗어난 대상이라는 숙명론적 철학을 이해하려면 다음 두 구절을 살펴봐야 한다.

---

2) 바벨론 탈무드, 버라호트 34b.

3) 바벨론 탈무드, 샤바트 151b, 유사한 구절은 룻기 라바 5:9.

"삼가 너는 마음에 악한 생각을 품지 말라 곧 이르기를 일곱째 해 면제 년이 가까이 왔다 하고 네 궁핍한 형제를 악한 눈으로 바라보며 아무것도 주지 아니하면 그가 너를 여호와께 호소하리니 그것이 네게 죄가 되리라. 너는 반드시 그에게 줄 것이요, 줄 때는 아끼는 마음을 품지 말 것이니라. 이유인즉슨, 이로 말미암아 네 하나님 여호와께서 네가 하는 모든 일과 네 손이 닿는 모든 일에 네게 복을 주시기 때문이라"(신명기 15:9~10).

본문의 핵심 단어는 '이유인즉Because'이다. '이유인즉'에 해당하는 히브리어 '비겔랄'에는 '바퀴(갈갈)'라는 단어가 들어가 있기 때문이다. 이를 근거로 랍비들은 가난을 회전하는 바퀴에 비유했다. 즉, 모든 가정이 가난을 겪게 될 수밖에 없다는 것이 랍비들의 생각이다(1장에서 "확실하지도 않거니와 한 치 앞도 내다볼 수 없는 인생"과 연결된 글을 참조하라).

가난의 바퀴는 하나님의 의지로 움직이므로 인간이 제어할 수 있는 대상이 아니다. "네가 만일 너와 함께한 내 백성 중에서 (심지어) 가난한 자에게 돈을 꿔주면 너는 그에게 채권자같이 하지 말며 이자를 받지 말 것이라"(출애굽기 22:25)에서 보이는 '(심지어) 가난한 자에게'를 두고 랍비들은 또 다른 구절을 인용하며("오직 재판장이신 하나님이 이를 낮추시고 저를 높이시느니라"(시편 75:7)) 아래와 같이 설명했다.

"세상은 무엇에 비유할 수 있을까? 동산에 둔 바퀴와 같으니, 그에 딸린 질그릇이 아래에서 위로 올라가면 가득 차고 위에서 아래로 내려올 때는 텅 비느니라. 이와 같이 오늘 부유하지 않은 자는 내일 부유할 것이요, 오늘 가난한 자는 내일은 가난하지 않을지니라. 왜 그러한가? 세상에는 바퀴가 있기 때문이라. 일렀으되 '이유인즉(비겔랄Begelal), 이로 말미암아 …'(신명기 15:10) 함과 같으니라. 랍비 아하가 이르기를 '세상에는 회전하는 바퀴가 있느니라. 기록된바, '지혜로운 왕은 악인들을 키질하며 타작하는 바퀴(오판Ofan)를 그들 위에 굴리느니라'(잠언 20:26) 함과 같으니라.'[4]

본문에는 '비겔랄'에서 파생된 '갈갈'뿐 아니라 '오판'도 썼지만, 인생이 주기적으로 바뀐다는 본질에는 차이가 없다. 아울러 인생을 회전하는 바퀴에 비유한 대목은 랍비 문헌에 심심치 않게 등장한다. 랍비 아이보가 인용한 '너는 반드시 그에게 줄 것이요'(신명기 15:10)와 함께 "랍비 나흐만은 '이유인즉(비겔랄Begelal), 이로 말미암아 …'(신명기 15:10)에서 '비겔랄'의 의미는 세상이 펌프용 바퀴(갈겔라)와 같이 가득 차면 비게 되고 텅 비면 가득 차게 되기 때문이라 했느니라."[5] 이때 "가득 차다Full"는 부자를, "텅 빈 것Empty"은 가난한 자를 가리킨다.

랍비들은 부와 가난이 순환한다는 본질을 주장하기 위해 하나님이 인간에게 준 사다리를 비유로 삼기도 했다. 즉, 사람은 경제적 명운의 가로대를 오르거나 내려온다는 것이다.

---

4) 출애굽기 라바 31:14.
5) 레위기 라바 34:9.

"한 마트로나(로마 여인)가 랍비 요세이 벤 할라프타에게 묻기를 '하나님이 6일 동안 세상을 창조했다는 말씀은 모두가 인정하는데, 천지를 창조한 6일 이후부터 지금까지는 무엇을 하셨소?' 랍비가 대답하되 '하나님은 사람들에게 운명의 사다리를 오르내리게 하셨느니라. 부유했던 아무개는 가난하게 되고, 가난했던 아무개는 부유하게 되느니라' 일렀으되 '여호와는 가난하게도 하시고 부하게도 하시며 …'(사무엘상 2:7)함과 같으니라."[6]

위 본문과 유사한 미드라쉬는 또 다른 성경을 인용했지만, 핵심은 같다.

"한 마트로나(로마 여인)가 랍비 쉬몬 벤 할라프타에게 묻기를 '거룩하시고 복되신 하나님은 며칠 동안 세상을 창조하셨소?' 그가 대답하되 일이니라. 기록된바, "엿새 동안에 나 여호와가 하늘과 땅을 만들었느니라"(출애굽기 20:11) 함과 같으니라' 여인이 재차 묻되 '그 이후로 지금까지는 무엇을 하셨소?' 그가 대답하되 '하나님은 자리에 앉으셔서 사다리를 만드시고 그로써 어떤 이는 올리시고 어떤 이는 내리시느니라. 성경이 이르기를 "오직 재판장이신 하나님이 이를 낮추시고 저를 높이시느니라"(시편 75:7) 함과 같으니라.'"[7]

랍비들은 부와 가난이 덧없는 사회현상으로, 끊임없이 변동한다는 점을 알고 있었다. 이를 언어 유희로 표현한 대목도 눈에 띈다. "그래서 부를 '너하심Nekhasim'이라 한다. 누구에게는 감춰지고(너하신Nekhasin) 누구에게는 드

---

6) 민수기 라바 3:6.
7) 민수기 라바 22:8, 창세기 라바 68:4.

하브루타 삶의 원칙 쩨다카

러나기 때문이라. '주짐(Zuzim, zuz의 복수형)'이라는 동전의 이름은 왜 그렇게 지었을까? '주짐'은 아무개에게서 빼앗아(자진Zazin) 다른 이에게 돌아가기 때문이라."[8]

인간의 경제적 명운은 하나님의 손에 달려있다. 사람의 빈부와 빈부의 기한을 궁극적으로 결정하시는 이는 하나님이다. "가난한 자와 부한 자가 함께 살거니와 그 모두를 지으신 이는 여호와시니라"(잠언 22:2)에 대해 랍비들은 하나님이 '손을 내미는 가난한 자와, 그에게는 뭐든 주고 싶어 하지 않는 세대주Householder를 지으셨고, 이를 부자로 만드신 이는 훗날 그를 가난하게 만드실 것이고, 이를 빈자로 만드신 이는 훗날 그를 부자로 만드실 것'이라고 해석했다.[9]

편집자는 사람의 경제적인 형편을 결정하는 역할을 하나님의 속성으로 규정한 단락 직후에 가난을 좀 더 자세히 기록했다. "가난보다 더 부담되는 것은 없다. 가난에 찌든 사람은 세상의 모든 고초를 짊어진 데다 신명기의 모든 저주를 받은 자와 같기 때문이라. 스승은 '저울 한쪽에 모든 고난을 모아두고 다른 한쪽에는 가난을 둔다면 가난이 더 무거울 것'이라 했느니라."[10]

---

8) 민수기 라바 22:8.
9) 출애굽기 라바 31:14.
10) 출애굽기 라바 31:14, 출애굽기 라바 31:12도 참조.

랍비 문헌을 보면 '가난은 무서운 악'이라는 랍비의 시각이 반복된다. 인간이 감당하기에는 너무나 버거운 최악의 고난이라는 것이다.

"랍비 핀하스 벤 하마의 풀이는 이러하니, 가정이 겪는 가난은 50가지 재앙보다 더 고통스럽다. 기록된바, '나의 친구야, 너희는 나를 불쌍히 여겨다오. 나를 불쌍히 여겨다오. 하나님의 손이 나를 치셨구나'(욥기 19:21) 이때 친구들이 대답하기를 '삼가 악으로 치우치지 말라. 그대가 환난보다 이것을 택했느니라'(욥기 36:21) 함과 같으니라."[11]

랍비의 해석은 산술적인 추정으로 계산된 결과였다. 이를테면, 출애굽 전, 하나님이 한 손가락으로 이집트인들에게 10가지 재앙을 내렸다면 욥은 하나님의 손이 그를 치셨다고 하니(손가락은 5개이므로) 50가지 재앙을 감내했으리라는 것이다. 어쨌든 앞서 발췌한 글은 가난이 모든 고난과 맞먹는다는 랍비의 과장을 서술할 때 자주 인용된다. 대개는 가난을 가장 감당하기 힘든 고난이라 생각한다. 사실, 가난은 삶의 바탕을 잠식하고 사람을 망자로 깎아내리기까지 한다. 죽은 자로 간주되는 부류가 넷이 있는데 가난한 자도 그중 하나로 꼽는다.[12]

그렇다면 가난이 그처럼 감당할 수 없는 고난이 돼버린 이유는 무엇일까? 설명을 들어보면 가난은 남에게 손을 벌릴 지경에까지 이르게 하기 때문이라고 한다. 남에게 의존하다 보면 사람의 품위와 자존심은 뭉개질

---

11) 바벨론 탈무드, 바바 바트라 116a.
12) 바벨론 탈무드, 너다림 64b.

공산이 크다. 이보다 더 심각한 것이 있을까?

생계를 위해 남에게 손을 벌리기 시작하면 사람은 근본적으로 마음의 상처를 입게 된다.

"그러자 랍비 나탄 벤 압바가 라브의 이름으로 말하되 '남의 상에 의존하는 자에게 세상은 어두울 것이라. 일렀으되 "그는 헤매며 음식을 구해 이르기를 어디 있느냐 하며 흑암의 날이 가까운 줄을 스스로 아느니라"(욥기 15:23) 함과 같으니라' 랍비 히스다가 이르기를 '그는 삶이 없는 자라. 랍비들이 이른 바와 같이 "삶이 없는 자가 셋이 있으니, 첫째는 이웃의 상에 의존하는 자라"'"[13]

남에게 의존하는 사람은 쉽게 마음에 상처를 입게 마련이다. "사람은 자기의 음식을 먹을 때 마음이 흡족하나 남의 음식을 먹을 때는 마음이 상하느니라."[14]

따라서 가난은 먹고 살기 위해 쩨다카에 의존할 수밖에 없다는 수치를 느끼게 한다. 이때 수치는 육신 및 정신적인 면에서 사람을 격하시킨다.

"랍비 요하난과 랍비 엘리에제르가 이르되 '사람은 이웃의 후원이 필요

---

13) 바벨론 탈무드, 베짜 32b.
14) 세데르 엘리야후 라바 25, 136쪽(프리드먼 버전).

하게 되면 그의 얼굴이 커룸Kerum이 되느니라. 일렀으되 "비열함이 인생 중에 높임을 받는 때에 악인들이 곳곳에서 날뛰는도다"(시편 12:8) 함과 같으니라.' 여기서 '커룸'은 무엇인가? 랍비 디미가 말하되 '해안 도시에 커룸이라는 이름의 새가 한 마리 있어 해가 뜨면 색깔이 몇 가지로 바뀌느니라.' 랍비 암미와 랍비 아시가 이르기를 '(사람이 이웃의 후원이 필요할 때는) 두 가지 심판을 당한 것과 같으니 불과 물이라. 성경에 기록된바, "사람들이 우리 머리를 타고 가게 하셨나이다. 우리가 불과 물을 통과했더니 주께서 우리를 끌어내사 풍부한 곳에 들이셨나이다"(시편 66:12) 함과 같으니라.'"[15]

위 본문을 보면 랍비들은 '커룸'으로 언어 유희를 구사하고 있다. 성경에서 커룸은(시편 12:8) '비열함Vileness'으로 풀이된다. 반면, '커룸'이라는 새는 위장을 위해 색깔을 바꾸는 것으로 보인다. 즉, 쩨다카의 수혜자도 고개를 들 수 없는 수치심에 얼굴이 붉어진다는 뜻이다.

쩨다카의 수혜자는 기부자가 건넨 '선물'을 받지만 '선물'이라 해서 꼭 무료라는 법은 없다. 수혜자가 치러야 할 대가는 불가피한 것으로, 대개는 자립심과 자존심을 잃을 공산이 크다. 랍비들은 이렇게 받는 '선물'을 긍정적으로 보진 않았다. "선물을 받는 자가 늘어나면 인생의 날은 짧아지고 해는 단축될 것이라. 일렀으되 '선물을 싫어하는 자는 살게 되느니라'(잠언 15:27) 함과 같으니라."[16]

---

15) 바벨론 탈무드, 버라호트 6b.
16) 바벨론 탈무드, 소타 47b.

하브루타 삶의 원칙 쩨다카

가난도 문제지만, 가난이 의존을 부추긴다는 랍비의 말마따나 우리는 이웃의 '선물'에 의존하는 데까지 전락하지 않도록 기도해야 할 것이다. 하나님을 의지하는 것은 인정되지만 생계를 위해 이웃에게 손을 벌리는 것은 부담스러운 일이기 때문이다. 노아 관련 창세기 기사에서 비둘기가 감람나무(올리브) 가지를 물고 돌아온 이유를 묻는 미드라쉬 기록에도 이러한 간구가 보인다.

"랍비 이르메아 벤 엘르아자르가 이르되 '그 입에 감람나무 새 잎사귀가 있는지라'(창세기 8:11)라 기록된 이유는 무엇인가? 비둘기가 거룩하시고 복되신 하나님께 말하기를 '천지의 주재시여, 제 먹이가 꿀 송이처럼 달아 필멸하는 인간을 의존하지 말게 하시고, 주님의 손에 의탁하오니 감람나무처럼 쓰게 하시길 원하옵니다'"[17]

쩨다카를 마지못해 받아들여야 하는 두려움 때문에 랍비들은 이 같은 비극을 막을 수 있다면 뭐든 하라고 독려했다. 특히, 자녀가 쩨다카에 의존해야 하는 경우야말로 견디기 힘든 비극일 것이다. 부모로서 가장은 안정된 삶을 위해 자녀를 항상 부양해야 하는 것은 아니었다. 특히 자녀가 쩨다카에 의존해야 하는 절박한 형편에 처해 있는 경우, 랍비들은 부모의 책임에 예외 규정을 두도록 했다. 다시 말해, 자녀를 부양해야 한다는 것이다.

---

17) 바벨론 탈무드, 에루빈 18b.

"한 사내가 라바(Rava, 압바 벤 요세프 바르 하마Abba ben Joseph bar ama)를 찾아와 그에게 묻되 '선생님 자녀가 쩨다카를 통해 먹고 살아야 한다면 흡족하시겠습니까?' 그러나 이 판례는 부유하지 않은 자에 한해 규정된 것이니, 그가 부유하다면 강제로라도 뜻을 돌이키게 할 것이라. 쩨다카를 위해 랍비 나탄 벤 암미를 상대로 400주짐을 추정한 라바의 사례와 같으니라."[18]

본문을 보면 가장은 특정 상황에서는 자녀를 부양하지 않아도 된다는 점을 알 수 있으나, 이 판례는 부유하지 않은 사람에게 국한된 것이다. 라바가 부자에게 쩨다카를 강권할 수 있었다면 부유한 가장에게는 자녀의 연령을 떠나 부양을 강권할 수 있지 않겠는가? 자녀가 쩨다카에 의존할 수밖에 없는 형편이라면 더욱 그렇다는 말이다.

이 같은 입장은 다른 본문에도 기록돼있다. 가족은 자녀가 쩨다카의 도움을 받도록 허락하기에 앞서 가산을 다 털어서라도 쩨다카를 받지 않도록 돌봐야 한다는 것이다. "라반 쉬몬 벤 감리엘은 랍비 메이르에게 이렇게 말하곤 했다. '안식일에 내 아들에게 1세겔을 주라. 1셀라를 받을 만하면 그들에게 1셀라를 주고 나머지는 쩨다카의 도움을 받을지니라' 현인들이 말했다. '돈이 다 떨어질 때까지는 자녀를 부양하고 그 후에 쩨다카의 도움을 받을지니라.'"[19]

---

18) 바벨론 탈무드, 커투보트 49b.
19) 토세프타, 커투보트 6:10.

하브루타 삶의 원칙 쩨다카

랍비들은 앞선 본문의 관점에서 쩨다카에 대한 수치를 지적하면서 남에게 의존하지 말고 정직한 일이면 무엇이든 해보라고 촉구했다. 노동은 존엄한 것이니 누구든 육체노동, 불쾌감을 조성하는 노동이라도 이를 업신여겨서는 안 될 것이다. 이러한 '직업윤리'는 아래 본문에 잘 나타나 있다.

"이 전통은 조부에게서 물려받은 것이라. '이웃에게 손을 벌릴 바에야 차라리 우상숭배자 밑에서 일을 하는 편이 나으니라' 그는 '아보다 자라(우상)[20]'를 뜻했다 하나 실은 그렇지 않으니 '아보다 자라'는 그에게 익숙지 않은 일을 두고 한 말이라. 라브가 랍비 카하나에게 이른 바와 같이 '거리에 있는 동물 사체의 가죽을 벗겨 돈을 벌라. 그리하되 "나는 위인이지만 이 일이 내 명예를 실추시키는구나"라 하지 말라."[21]

로마 치하의 랍비들에게[22] 노동은 본디 자긍심을 끌어올리고 인생에 분명한 입지를 갖게 했다. 랍비들은 가장 신성한 활동 중 하나로 토라 연구를 꼽는다. 그러나 노동을 아주 거부하는 토라 연구는 정당성을 인정받을 수 없었다. "노동 없이 율법 연구에 몰입한다면 결국에는 무익하니 죄로 이어질 것이다."[23]

---

20) "낯선 예배"라는 뜻.

21) 바벨론 탈무드, 바바 바트라 110a, 유사한 구절은 바벨론 탈무드, 페사힘 113a.

22) 리 I. 레빈Lee I. Levine, 『후기 고전시대 로마령 팔레스타인의 랍비사회The Rabbinic Class of Roman Palestine in Late Antiquity(Jerusalem: Yad Yitzhak Ben-Zvi Publications, 1989)』 69~72쪽.

23) 미쉬나, 아보트 2:2.

랍비들은 노동을 높이 평가했지만 쩨다카의 도움을 청하는 사람을 간파하는 데는 그것이 되레 걸림돌이 될 수 있음을 알았다. 즉, 쩨다카를 구하는 사람의 형편을 무시하는 결과를 낳을 수도 있게 된다는 것이다. 하나님은 쩨다카를 청하는 사람의 형편에 잔인하리만치 둔감한 사람을 심판하신다.

"부자가 가난한 자에게 '어찌 일해서 생계를 꾸리지 않는가? (말짱한) 허리를 보라! 다리를 보라! 배를 보고, 몸뚱이를 보라!' 한다면, 거룩하시고 복되신 하나님은 이렇게 말씀하실 것이다. '너는 아무것도 주지 않고도 내가 그에게 준 것을 악한 눈으로 보았도다. 비록 아들은 낳았으나 그 손에 아무것도 없을지니라.(전도서 5:12) 아들을 낳아도 그는 아무것도 남기지 않으려니와 자신 또한 취할 것이 없으리라. 모세도 이스라엘 백성에게 이 같이 경고했느니라. "만일 네 형제가 가난해 그의 기업 중에서 얼마를 팔았으면 그에게 가까운 기업 무를 자가 와서 그의 형제가 판 것을 무를 것이요."(레위기 25:25)'"[24]

노동은 가치를 인정받아 마땅하지만, 노동의 가치를 일깨워준답시고 자선기금을 모으려는 사람을 곤경에 빠뜨려서는 안 된다. 사람은 책임을 회피해선 안 된다.[25] 쩨다카를 지원해야 할 책임을 지고 있다면 이를 순순

---

24) 레위기 라바 34:4, 유사한 구절은 레위기 라바 34:7, 전도서 라바 5:12.
25) 조셉 페인스타인Joseph Feinstein, 「내가 동생을 지키는 자니이까Am I My Brother's Keeper(New York: Jewish Education Committee Press, 1970)」 그는 유대교를 넘어 범사회적 책임이라는 맥락에서 의견을 주장했다.

하브루타 삶의 원칙 쩨다카

히 따라야 한다는 것이다. 책임을 저버리는 것은 중죄로 간주됐다.

"쩨다카에서 눈을 돌리는 자는 누구든 우상을 숭배하는 자로 간주될 것이라. 기록된바, '삼가 너는 마음에 악한 생각을 품지 말라'(신명기 15:9)' 또 일렀으되 '너희 가운데 어떤 악인이 일어나서'(신명기 13:13) 함과 같으니라. 거기에 우상이 있듯, 여기에도 우상이 있느니라."[26]

첫 단락을 보면, 가난한 자에게 아무것도 베풀지 않는 것은 악한 생각이자 죄였다.(신명기 15:9) 기자는 둘째 단락(신명기 13:13)에서도 '악하다^{Base}'를 썼다. 해당 구절은 이렇다. "너희 가운데서 어떤 악인이 일어나서 그 성읍 주민을 유혹해 이르기를 너희가 알지 못하던 다른 신들을 우리가 가서 섬기자 한다 하거든" 첫 단락의 '악하다'는 가난한 자에게 쩨다카를 베풀지 않는 것을, 둘째 단락의 '악하다'는 이웃에게 우상숭배를 독려하는 것을 뜻한다. 랍비의 시각에서 둘은 비슷한 데다 똑같이 추악한 것이었다.

랍비의 관점에서 볼 때 쩨다카를 베풀지 않는 것과, 가난한 자의 어려움을 외면하는 것은 모두 중죄였다. 이웃의 품위도 자신의 것처럼 존중해야 한다. 랍비 아키바는 토라의 주된 원칙을 '네 이웃을 네 몸과 같이 사랑하라'(레위기 19:19)에서 찾았다. 랍비 아키바의 입장을 풀이한 기록에 따르면, "'내가 치욕을 당한 것 같이 남에게도 치욕을 안겨 주리라' 하지 말라. 랍

---

26) 바벨론 탈무드, 바바 바트라 10a.

비 탄후마가 이르되 '그리한다면 네가 누구에게 치욕을 안겨줄지 생각하라. 너희는 하나님의 형상대로 창조되었느니라.'(창세기 5:1)"²⁷⁾

---

27) 창세기 라바 24:7.

03장

쩨다카이 보상

째　다　카

째다카를 베풀었을 때 받는 보상을 주제로 한 랍비 문헌은 상당히 많다. "보상'을 분석하려면 여섯 가지 하위 카테고리로 구분하는데, 이를 열거하면 다음과 같다. A) 보상을 얻을 만한 자격 B) 째다카의 능력 C) 주는 사람과 받는 사람이 얻는 유익 D) 현세에서 누리는 특전 E) 기적을 체험한 사람들 F) 내세에서 누리는 특전

보상을 얻을 만한 자격

째다카를 베풀었다고 무조건 보상을 받을 자격이 생기는 건 아니다. 랍비들은 보상 자격에 조건을 붙였다. 첫째, 랍비들은 '로빈 후드' 정신에 동

감하지 않는다. 부자에게서 탈취한 것을 가난한 자에게 주는 사람은 자격 미달이다. 랍비들은 "두 손에 가득하고 수고하며 바람을 잡는 것보다 한 손에만 가득하고 평온함이 더 나으니라"(전도서 4:6)를 풀이하면서 '한 손에만 가득하고 평온함이 더 낫다'를 가리켜 "남의 것을 도둑질하거나 강탈하거나 협박으로 탈취해 후한 쩨다카를 베푸느니 차라리 자신의 것으로 적게나마 쩨다카를 실천하는 자가 더 낫다"고 했다. "여인이 자신의 몸을 팔아 병든 자에게 사과를 주었다"라는[1] 잠언도 있다.

또한 쩨다카로 죄가 즉시 사해질 거라는 기대에 고의로 죄를 지어서도 안 된다. 그런 작태는 트슈바(Teshuvah, 회개) 개념을 퇴색시키는 일이다. 쩨다카를 베풀었다는 이유로 하나님이 범죄를 묵인하진 않으신다.

"랍비 요하난이 이르되 '죄를 범한 자의 비유가 이러하니, 한 사내가 매춘부에게 화대를 건네고 난 후 아직 문 안에 있을 때 가난한 자가 그에게 왔느니라. 빈자는 자선(쩨다카)을 베풀라 했고, 사내가 그리하자 가난한 자는 자리를 떴느니라. 이때 그가 이르기를 "거룩하시고 복되신 하나님이 내 죄를 용서할 마음이 없었다면 가난한 자를 내게 보내어 자선을 부탁하지는 않았으리라. 그러니 나는 용서를 받은 것이나 다름없다" 이때 하나님이 그에게 이르되 "사악한 자여, 그리 생각하지 말고, 가서 솔로몬의 지혜를 교훈으로 삼으라.[2] 베푸는 손이라도 다른 손의 악을 제거하진 않느니라.'"

---

1) 전도서 라바 4:1, 6.
2) 잠언 11:21, 미드라쉬 잠언 11, 35a, 부버 버전.

하브루타 삶의 원칙 쩨다카

보상에 대한 품격을 두고는 또 다른 규정이 있다. (17장에서 상세히 논의할 참 이다)

앞선 규정과 더불어, 보상의 수준은 쩨다카를 베푼 경위에 따라 달라진 다. 이를테면, 신중히 베푼 자선이 무분별한 자선보다 더 큰 상을 받는다 는 것이다. 쩨다카에 동반되는 은혜와 관용, 인정과 공감도 보상에 영향을 준다. 랍비 엘르아자르는[3] 이 같은 관점을 다음과 같이 정리했다. "쩨다카 에 대한 보상은 그 안에 담긴 헤세드(인애)로 결정되느니라. 기록된바, '너희 가 자기를 위해 공의를 심고 인애를 거두라'(호세아 10:12)함과 같으니라."[4]

다음 인용문도 같은 주제를 서술했다. "자손들아, 모든 사람에게 인정과 긍휼을 베풀지니라. 주님도 네게 인정과 긍휼을 베푸시리니, 사람이 이웃 에게 긍휼을 베푼 만큼 하나님도 그에게 긍휼을 베풀 것이니라"[5] 아울러 가난한 자와, 그들이 받은 쩨다카는 부자에게 공로상을 받을 자격을 부여 할 것이다.

"랍비 탄훔 벤 하야에 얽힌 일화니라. 모친이 아들을 시켜 시장에서 고 기를 사 오면 두 근을 사서 한 근은 아들에게 주고 다른 한 근은 가난한 자에게 줬고, 시장에서 야채를 사 오면 한 보따리는 아들에게, 다른 한 보

---

3) 랍비 엘르아자르는 「종교 저널Journal of Religion 85(2005)」 25~42에 수록된 엘리저 론 세갈Eliezer Lorne Segal의 「랍비 엘르아자르의 페루타Rabbi Eleazar's perutah」를 참조하라.
4) 바벨론 탈무드. 수코트 49b.
5) 외경 「스불론 증언서Testament of Zebulun」 1~8.

따리는 가난한 자에게 줬느니라. 일렀으되 '이 두 가지를 하나님이 병행하게 하사'(전도서 7:14)라 함과 같으니라. 가난과 부가 공존하는 것은 부자가 가난한 자에게 자선을 베풀면 가난한 자는 부자에게 보상받을 자격을 주기 때문이라."[6]

가난한 자는 부자가 공로를 인정받거나 '상을 받게' 해준다.

쩨다카의 능력

1장에서 언급한 바와 같이, 쩨다카를 실천하면 인간과 하나님 사이에는 유대감이 돈독해진다. 사실, 쩨다카를 베풀면 인간과 하나님은 더 가깝게 만날 수 있다. 랍비들은 성경에서 읽은 "나는 의로운 중에(쩨데크) 주의 얼굴을 뵈오리니"(시편 17:15)를 풀이한 바 있다. 사실, 본문에는 '쩨다카'를 쓰지 않았다. 그럼에도 랍비들은 이 구절이 쩨다카를 일컫는다고 해석했다. "쩨다카의 능력이 얼마나 큰지 와서 확인하라. 1페루타(매우 적은 액수의 동전)를 가난한 자에게 준 사람은 쉐키나(하나님의 임재)를 체험할 것이다"[7] 랍비의 주장에 따르면, 쩨다카를 베푸는 것은 쉐키나와 기부자를 만나게 하는 촉매제가 된다.[8] '쩨다카'와 '쩨데크'의 관계는 다음 본문에도 나타나 있다. "성

---

6) 룻기 라바 5:9(룻기 2:19).

7) 미드라쉬 시편 11:14.

8) 반란과 전쟁 중에도 쩨다카는 중요하게 지켰다. 『이스라엘 화폐 저널Israel Numismatic Journal 12(1992~93)』 73~75에 게재된 아리에 킨들러Arieh Kindler의 「자선기금용 바르 코흐바 동전A Bar Kokhba Coin Used as a Charity Token」.

하브루타 삶의 원칙 쩨다카

경에 기록된바, '그 일이 네 앞에서 공의로움이 되리라'(신명기 24:13). 이는 '너는 '쩨다카'를 행할지니라' 함과 같으니라" 이는 쩨다카가 영광의 보좌 앞에 오른다는 것을 가르치며 "의가 주의 앞에 앞서가며 주의 길을 닦으리로다(시편 85:13)"라는 성경구절과도 일맥상통한다.[9] 쩨다카를 실천하면 하나님과 직접 인연을 맺게 된다.

쩨다카는 능력이 엄청나서 이를 실천하면 하나님의 마음을 얻을 수 있다. 하나님은 인간의 행위로부터 완전히 독립된 신이 아니다. 조금 과장하면 "쩨다카를 베풀면 하나님을 '구원'할 수 있다"라고 주장하는 랍비도 더러 있다.

"공의와 쩨다카를 행하고 수많은 생명을 살린 자는… 그를 두고 성경이 일렀으되 '그가 내 생명을 구원하사 평안하게 하셨도다'(시편 55:18)아울러 거룩하고 복되신 하나님은 (과장된 말로) 물으셨다. '누가 나와 쉐키나 및 이스라엘을 세상의 이방 민족에게서 몸값을 주고 풀려나게 하겠느냐? 바로 공의와 쩨다카를 행한 자니라.'"[10]

쩨다카를 베푸는 인간은 하나님을 감동시켜 신의 보호를 받게 된다. 쩨다카의 능력 중 하나는 하나님의 무한한 능력이 쩨다카를 행한 자를 보호한다는 것이다. 이는 "여호와께서 네가 행한 일에 보답하시기를 원하며

---

9) 시프레이 신명기 277.
10) 세데르 엘리야후 라바 11, 53쪽, 프리드먼 버전.

이스라엘의 하나님 여호와께서 그의 날개 아래에 보호를 받으러 온 네게 온전한 상 주시기를 원하노라 하는지라"(룻기 2:12)를 해석한 랍비 문헌에도 강조된바 있다.

랍비들이 하나님의 보호를 받을 자격이 있는 자가 누구인지 묻자, 이렇게 대답했다.

"혼자나 여럿이 행한 쩨다카의 능력과 선을 행한 자들의 능력이 얼마나 대단한지 와서 보라. 아침의 그림자나 땅의 날개로 드리워진 그림자에서도 아니요, 태양의 그림자나 하요트(Hayot, 그룹이나 스랍 등의 천사)의 날개로 드리워진 그림자에서도 쉼을 얻지 못한다면 과연 누구의 날개 아래서 쉼을 얻겠는가? 말씀으로 천지를 창조하신 하나님의 그림자 아래에서로다. 기록된바, '하나님이여 주의 인자하심이 어찌 그리 보배로우신지요. 사람들이 주의 날개 그늘 아래에 피하나이다'(시편 36:7)함과 같으니라."[11]

랍비가 인용하진 않았지만, 성경을 보면 이런 구절도 있다. "주의 의는 하나님의 산들과 같으니이다"(시편 36:6)랍비의 관점에서 볼 때, 하나님은 '쩨다카(공의)'와 '헤세드(인애)' 덕분에 쩨다카를 실천한 사람을 보호할 수밖에 없다는 것이다. 운문의 성격을 띤 다음 문헌에서는 랍비들이 쩨다카의 능력을 아홉 가지 피조물과 비교하기도 했다. 물론 쩨다카의 능력이 가장

---

11) 룻기 라바 5:4.

하브루타 삶의 원칙 쩨다카

위대하다.

　"랍비 유다가 이르되, '쩨다카는 구원을 앞당길 만큼 위대하니라. 기록된바, "여호와께서 이와 같이 말씀하시기를, 너희는 정의를 지키며 의를 행하라. 이는 나의 구원이 가까이 왔고 나의 공의가 나타날 것임이라 하셨도다"(이사야 56:1) 함과 같으니라' 그는 이렇게 말하곤 했느니라. '세상에는 강한 피조물이 있으니, 바위는 강하지만 철이 이를 자르고, 철은 강하지만 불이 이를 녹이고, 불은 강하지만 물이 이를 끄고, 물은 강하지만 구름이 이를 옮기고, 구름은 강하지만 바람이 이를 흩어내고, 바람은 강하지만 몸은 이를 견디고, 몸은 강하지만 두려움이 이를 무기력하게 하고, 두려움은 강하지만 와인이 이를 사그라지게 하고, 와인은 강하지만 잠이 이를 해소하느니라. 죽음은 모든 것보다 강하지만, 쩨다카는 죽음에서 건지느니라. 일렀으되, "공의(쩨다카)는 죽음에서 건지느니라"(잠언 10:2) 함과 같으니라.'"[12]

　3장을 좀 더 읽다 보면 쩨다카와 죽음의 관계를 살펴본 대목도 있다. 그러나 앞서 인용한 단락은 쩨다카를 실천하면 실로 엄청난 능력이 발현된다는 점을 다시 서술하고 있다.

---

12) 바벨론 탈무드, 바바 바트라 10a.

주는 사람과 받는 사람이 얻는 유익

주는 사람(기부자)과 받는 사람(수혜자) 모두에게 보상이 돌아간다는 점이 쩨다카가 대단하다는 방증이다.[13] 이처럼 유익을 서로 나눈다는 쩨다카의 특성을 의식한다면 가난한 자를 업신여기려는 생각은 추호도 들지 않을 것이다. 쩨다카를 베풀 기회가 행운이라는 것을 깨달은 자라면 거들먹거릴 수도 없다. 즉, 쩨다카를 실천한다는 것은 아무런 보답 없이 그저 무언가를 주는 일방적인 기증이 아니라는 이야기다. 그보다는 두 당사자 모두가 유익한 쌍방의 교류로 봄 직하다.[14]

이러한 '상호유익' 개념은 미드라쉬에도 눈에 띈다. 미드라쉬 본문은 나오미와 룻이 보아스 밭에서 '이삭 줍는 일'을 두고 대화를 나눈 기록을 분석했다(탈무드 '페아'에서는 이삭줍기도 일종의 쩨다카로 소개했다). "시어머니가 그에게 이르되 오늘 어디서 주웠느냐? 어디서 일을 했느냐? 너를 돌본 자에게 복이 있기를 원하노라 하니, 룻이 누구에게서 일했는지를 시어머니에게 알게 해 이르되 '오늘 일하게 한 사람의 이름은 보아스니이다' 하는지라."(룻기 2:19)본문에 대한 논지는 아래와 같다.

---

13) 마크 허쉬먼Marc Hirshman, 『10차 유대교학 세계대회 의사록Proceedings of the Tenth World Congress of Jewish Studies, Division C, 1권(Jerusalem, World Union of Jewish Studies, 1990)』 54~60(히브리어)에 게재된 「미쉬나 및 토세프타에 나타난 계명의 본질과 보상On the Nature of Mitzva and its Reward in the Mishnah and Tosefta」.

14) 마이클 노빅Michael Novick이 일부 발표. 『하버드 신학 리뷰Harvard Theological Review 105(2012)』 33~52에 수록된 「랍비 문헌에 나타난 기부 및 자선의 호혜 구조 Charity and reciprocity structures of benevolence in rabbinic literature」.

"랍비 여호수아의 가르침은 이러하니라. '집주인이 가난한 자를 위해 한 일보다 가난한 자가 그를 위해 한 일이 더 많도다. 룻이 나오미에게 이른 바와 같이, "오늘 내가 일을 해준 사람"이라 하지 않고, "오늘 내가 함께 일한 사람의 이름은…(원문 직역)"이라 했기 때문이라. 즉, 내가 그를 위해 많은 일과 유익을 창출한 대가로 그는 내게 곡식을 조금 주었다는 뜻이라.'"15)

째다카를 받은 룻은 무조건 허리를 굽혀야 할 처지라고는 생각지 않았다. 자신이 받은 것보다 더 많은 유익을 보아스에게 제공했기 때문이다. 사실, 다른 랍비 문헌에는 이런 글귀도 있다. "노베의 랍비 쉴로가 이르되, '그대의 부는 가난한 자 하기 나름이라'"16) 즉, 째다카의 수혜자는 기부자가 부를 확보할 수 있도록 그에게 힘을 실어준 셈이다. 째다카의 유익을 서로가 함께 누린다는 사례는 랍비의 토론에서도 여실히 드러난다.

"'너와 함께 있는 네 형제가 가난하게 되어 네게 몸이 팔리거든 너는 그를 종으로 부리지 말고'(레위기 25:39)의 또 다른 해석은 이러하니, 성경에 기록된 바, '가난한 자와 포학한 자가 섞어 살거니와 여호와께서는 그 모두의 눈에 빛을 주시느니라'(잠언 29:13) 가난한 자들이 단결해 포학한 자에게 '째다카를 베풀라' 하는지라. 이때 그가 째다카를 베풀면 '여호와께서는 그 모두의 눈에 빛을 주실 것이라'(잠언 29:13) 하나는 생명을 보존할 것이요, 다른 하나

---

15) 룻기 라바 5:4.
16) 같은 책.

는 내세의 생명을 얻을지니라."[17]

1장에서는 '하나님이 사람을 시험하신다'라는 신학적 개념을 살펴봤다. '시험'이라는 맥락에서 볼 때 쩨다카를 실천해 '시험'에 통과한 사람은 이생 뿐 아니라 내세에서도 보상을 받는다. "부자가 시험을 극복해 쩨다카를 베 푼다면 그는 현세에서 부를 누리고 (선행에 대한 보상은) 내세에까지 보전될 것이라."[18]

현세에서 누리는 특전

쩨다카를 베풀면 신의 가호를 받을 수 있다. 하나님은 쩨다카 계명을 바 르게 준행한 자를 돌보시고, 살아생전에도 그들을 도우신다. "긍휼한 자 를 비롯해 주린 자에게 먹을 것을 주고, 목마른 자에게 마실 것을 주며, 헐벗은 자에게 입을 옷을 주며, 쩨다카를 나누는 자를 가리켜 성경이 이 른 바와 같이 '너희는 의인에게 복이 있으리라 말하라.'(이사야 3:10)"[19]

실질적인 손익을 따지더라도 쩨다카를 베푸는 것이 결코 손해는 아니다. 랍비들은 기부를 자극하기 위해 쩨다카에 소요된 기금은 하나님이 무엇이

---

17) 레위기 라바 34:4.
18) 출애굽기 라바 31:3.
19) 데레흐 에레쯔 라바Derekh Eretz Rabbah 56a.

하브루타 삶의 원칙 쩨다카

든 다시 채우실 거라고 주장했다. 자선은 아낌없이 베풀어야 한다. 하나님은 기부자가 손해를 보지 않도록 촉각을 곤두세우고 계시기 때문이다.

"랍비 이삭이 묻되 '공의(쩨다카)와 인자를 뒤따르는 자는 생명과 공의와 영광을 얻느니라'(잠언 21:21)는 무슨 뜻인가? 그가 쩨다카를 뒤따랐기 때문에 쩨다카를 얻을 거라는 이야기인가? 이 구절은 사람이 열심히 쩨다카를 베풀면 거룩하시고 복되신 하나님께서는 그가 쩨다카를 위해 헌납한 돈을 다시 채우신다는 뜻이라. 랍비 나흐만 벤 이삭이 이르되, '거룩하시고 복되신 하나님은 쩨다카를 베푼 사람이 상을 얻을 수 있도록 그들의 필요를 채우실 것이라.'"[20]

인용한 주장의 취지는 기부자의 근심을 덜어주기 위한 것이다. 하나님은 쩨다카를 위해 헌납한 돈을 채우시거나, 이미 받은 돈으로 이를 대신하실 것이다. 또한 주님은 기부자가 상을 받을 수 있도록 합당한 수혜자를 보내주실 것이다.

기부자에게는 부가 더 쌓일 것이다. 그래야 쩨다카를 계속 베풀 수 있을 테니 말이다. 하나님은 자본을 보전하기 위해 개입하시므로 쩨다카를 베풀었다고 해서 부가 소멸되진 않는다. 그러나 하나님이 부를 다시 채우면 그에게는 쩨다카를 늘려야 할 책임이 뒤따른다. "쩨다카를 베풀었다면

---

20) 바벨론 탈무드, 바바 바트라 9b.

보상금을 받게 되려니와, 보상금을 받으면 그 돈으로 쩨다카를 실천할지
니라."21)

기부자는 부가 다시 채워질 뿐 아니라 하나님께로부터 건강과 수명 등
과 같이 훨씬 더 큰 선물을 받게 된다. 이번에 소개할 일화에서 기부자는
기아에 시달리는 가정을 돕기 위해 스스럼없이 사재를 털어 쩨다카를 행
했더니 큰 상을 받았다고 한다. 그는 절박한 가정을 도울 자금이 공동체
에 없다는 점을 핑계 삼지 않았다.

"공동체의 쩨다카 기금을 관리하는 베냐민 하짜딕(의로운 자)에 관한 이
야기라. 흉년 때 하루는 여인이 찾아와 애걸하는지라. "랍비여, 저를 도우
소서!" 그는 "쩨다카 기금에는 아무것도 없지만, 그대를 도우리다"라며 맹
세했느니라. 여인은 "랍비여, 저를 도와주지 않으시면 한 여자와 일곱 자
녀가 굶어 죽을 것이라" 하니, 그가 일어나 사재를 털어 여인을 도와준지
라. 얼마 후 그가 병으로 죽게 된지라. 천사들이 거룩하시고 복되신 하나
님께 이르되 "우주의 주재시여, 이스라엘 한 영혼을 구한 자는 전 세계를
구한 자로 여기시겠다고 하셨나이다. 그런데도 한 여인과 일곱 자녀를 구
한 베냐민 하짜딕(의로운 자 베냐민)을 이른 나이에 죽도록 내버려 두실 참이
십니까?" 그러자 (신의 생명책에 있던) 기록이 찢어지니라. 현인들은 그의 생명
이 22년 연장됐다고 가르쳤느니라."22)

---

21) 데레흐 에레쯔 주타Derekh Eretz Zutah 4.
22) 바벨론 탈무드, 바바 바트라 11a. 유사한 구절은 아보트 드 랍비 나탄 3. 버전 a(세케터 버전).

육신의 죽음을 완전히 피할 수는 없지만 쩨다카는 조기 사망이나 비명횡사를 막는 능력이 있다. 아래 인용한 단락은 "불의의 재물은 무익해도 공의는 죽음에서 건지느니라"(잠언 10:2)라는 구절의 의미를 논했다. 랍비들은 이 구절을 '비명횡사나 악한 죽음에서 건진다'라는 뜻으로 풀이했다. 비명횡사가 사고에 따른 조기 사망을 가리킨다면 악한 죽음은 게힌놈(지옥)의 저주를 받은 죽음을 뜻한다.

"쩨다카를 행하면 죽지 않고 구원을 받을 수 있다는 말이오? 악한 죽음으로부터 구원을 받을 뿐이오"[23] '네 형제가 궁핍하다면'(레위기 25:25) 이는 '가난한 자를 보살피는 자에게 복이 있음이여 재앙의 날에 여호와께서 그를 건지시리로다'(시편 41:1)를 함축한 말이니라. 압바 벤 이르메아는 랍비 메이르의 이름으로 말하되 "이는 선한 기질이 악한 기질을 다스리는 사람을 두고 한 말이라" 랍비 이시가 이르되 "이는 페루타(아주 적은 액수의 동전)를 가난한 자에게 주는 자를 가리키는 것이라."[24]

사람이 금지된 방법으로 쩨다카를 실천해도 비명횡사를 막을 수 있다. 그렇다면 언제 비명횡사에서 구원을 받을까? "기부자는 쩨다카를 베풀 때 수혜자가 누구인지 모르고 수혜자는 누구에게서 이를 받았는지 알지 못할 때 구원을 받을지니라. 어찌 그럴 수 있단 말인가? (돈을) 쩨다카 상자에

23) 피르케이 드 랍비 엘리에제르 34, 257쪽, 프리들랜더Friedlander(역).
24) 레위기 라바 34:1.

넣으면 되느니라."[25]

기적을 체험한 사람들

'기적 스토리'가 익숙지 않으면 랍비가 규정한 쩨다카의 개념을 이해할 수 없다. 기적은 커다란 변화를 불러일으키는 쩨다카의 능력을 입증한다. 쩨다카가 부리는 마술이나 신비한 힘은 비극이나 재앙을 기적으로 반전시킬 수 있다. 랍비들이 "사람의 선물은 그의 길을 넓게 하며 또 존귀한 자 앞으로 그를 인도하느니라"(잠언 18:16)를 논한 기록에서도 기적적인 사건을 언급하고 있다.

"하루는 랍비 엘리에제르와 랍비 여호수아 및 랍비 아키바가 학자를 위한 기금을 모으기 위해 안티오키아의 바신[26]에 갔느니라. 현지에 살던 압바 유단은 (가난한 자를) 후히 도와주곤 했더라. 가난하게 된 후, 랍비들을 본 그는 누런 낯빛을 하고(크게 당황한 연고라) 집에 돌아왔는지라. 아내가 이르되 "안색이 왜 그러오?" "랍비들이 찾아왔으나 어찌할 바를 알지 못하겠노라" 그보다 더 의로운 아내가 말하되 "밭 말고는 가진 것이 없으니 가서 절반을 팔아 그들에게 주시오" 랍비들은 "하나님께서 가난을 부하게

---

25) 바벨론 탈무드, 바바 바트라 10a~b.

26) 확인되지 않은 지명. 안티오키아의 샌드바(사주)the Sandbar of Antiochia거나 다프네 스프링스the Springs of Daphne 근방의 분지지형일 수도 있다. 후자에 대해서는 버튼 L. 비소쯔키Burton L. Visotzky의 「개나리와 석류 Golden Bells and Pomegranates(Tubingen : Mohr/Siebeck, 2003)」125~26을 참조하라.

하브루타 삶의 원칙 쩨다카

하시길 원하노라"며 그를 위해 기도했느니라.

며칠 후, 그가 절반뿐인 밭에 쟁기를 들고 갈 새, 거룩하시고 복되신 하나님께서 그의 눈을 밝히자 땅이 갈라지고 소가 넘어져 다리가 부러진지라. 일으키러 가보니 그 아래에 보물이 있는지라. "소의 다리가 부러졌으나 도리어 내게는 유익이로다" 랍비들이 다시 찾아와 "압바 유단은 평안하뇨?"라며 안부를 물을 새 이웃이 이르기를 "그는 염소의 압바 유단이고, 나귀의 압바 유단이며, 약대의 압바 유단이라" 하는지라.

압바 유단은 랍비들이 행차했다는 소식에 그들을 영접하러 나가 말하되 "선생님들의 기도가 열매를 맺고, 열매가 또 다른 열매를 맺었나이다" 그들이 대답하되 "그대가 살아있는 한, 남들이 더 많이 베풀었어도 우리는 쩨다카 기부자 명단의 첫머리에 그대를 기록할 것이라" 그러고는 압바 유단을 그들 사이에 앉힌 후 말씀("사람의 선물은 그의 길을 넓게 하며 또 존귀한 자 앞으로 그를 인도하느니라")을 그에게 적용했더라."[27]

아래 일화의 주인공도 쩨다카를 후히 베풀어 재물의 복을 얻은 사람이다. 하지만 그는 너무도 공의로운 탓에 횡재를 누리려 하지 않았다고 한다. 가난한 자에게 다시 자선을 베풀었던 것이다.

---

27) 레위기 라바 5:4. 예루살렘 탈무드에서는 호라요트 3:4, 48a가 다소 유사하다. 캐서린 헤저Catherine Hezser의 『로마령 팔레스타인에서 일어난 랍비운동의 사회적 구조The Social Structure of the Rabbinic Movement in Roman Palestine(Tubingen: Mohr/Siebeck, 1997)』 265에 따르면, 이 일화는 일부 학자들이 매우 궁핍했으리라는 것을 가설로 세웠다고 한다.

"쩨다카 모금인들은 랍비 엘리에제르 벤 비르타를 보면 스스로 몸을 숨겼느니라. 소유를 모두 다 헌납하는 습관이 있었기 때문이라. 하루는 딸아이에게 줄 혼수감을 사기 위해 시장에 가던 중 쩨다카 모금인의 눈에 띄었더라. 그들이 몸을 피하려 하자 랍비가 그들을 좇으며 이르기를 "이번에는 무슨 일이오?" 그들이 이르되 "고아가 된 사내와 계집을 위해 나온 것이라." "맹세하건대 내 여식보다 그들이 우선이라" 랍비는 수중에 있는 모든 것을 그들에게 준지라.

결국에는 한 주즈(조그만 동전)가 남아 그것으로 밀을 사 곡간에 넣은지라. 아내가 귀가해 딸에게 묻되 "네 아비가 무엇을 가져왔느뇨?" 딸이 대답하되 "산 것을 모두 곡간에 들였나이다" 그가 곡간을 열어 나가자 밀이 차고 넘치는지라. 문 받침의 경첩 사이로 밀이 나와 문이 열리지 않는지라.

딸이 베이트 하미드라쉬(Beit Ha-midrash, 배움의 집)에 가 그(부친)에게 말하되 "아버지의 친구(하나님)가 행한 기사를 와서 보시오" 이때 부친이 이르기를 "맹세하건대 정해둔 재산만 네게 돌아갈 것이라. 이스라엘의 가난한 자에게 분깃이 없다면 너도 그럴 것이라."[28]

또 다른 기사는 하나님이 행한 대로 갚아주신다는 주제를 강조한다. 쩨다카 계명을 실천하면 후한 상을 받을 것이다. 증거가 되는 본문은 욥기

---

28) 바벨론 탈무드, 타니트 24a.

하브루타 삶의 원칙 쩨다카

(34:11)에 있다. "사람의 행위를 따라 갚으사 각각 그의 행위대로 받게 하시나니"(욥기 34:11)

"두 아들을 둔 사람이 있는데, 하나는 계명을 준행하나, 다른 하나는 그러지 않는지라. 계명을 행하는 아들은 이를 위해 집과 모든 소유를 파니라. 하루는 호산나 절기(초막절 일곱째 날)가 되어 아내가 그에게 10풀싱(작은 동전)을 주며 이르기를 "가서 아이들에게 줄 것을 사라" 하니라. 시장에 이르자 쩨다카 모금인들이 그를 본지라. "보라, 자선가가 오는 도다" 그들이 이르되 "계명을 위한 몫을 주라. 고아가 된 여아에게 옷을 사줄 것이라" 그는 돈을 꺼내어 그들에게 줬으나 집에 있는 아내에게 갈 생각을 하니 당혹감을 감출 수 없는지라. 그는 어찌했을까?

회당에 가서 보니 아이들이 호산나 절기에 먹는 룰라브(종려나무 가지)와 시트로그를 쥐고 있는지라. 그는 룰라브와 시트로그를 자루에 채우고는 먼 육지에 이르기까지 대해(the Great Sea, 지중해)를 향해하니라. 뭍에 이를 무렵 왕이 복통을 호소하는지라. 의원이 이르되 "유대인이 호산나 절기에 지니고 다니는 시트로그 하나를 드시면 식욕이 돌아와 완쾌될 수 있나이다" 하니라. 사자가 가서 모든 배와 방방곡곡을 모두 수색했으나 아무것도 찾지 못한지라. 마침 자루를 베고 누운 사내를 보고 그에게 묻되 "팔 물건이 있느냐?" 그가 대답하되 "나는 가난한 자라, 아무것도 가진 것이 없느니라" 그들이 자루를 열어보니 시트로그가 가득한지라. 그들이 묻기를 "이것이 무엇인고?" "유대인이 호산나 절기 예배 때 사용하는 시트로그이니라"

사자가 그를 왕에게 데려가니 왕이 시트로그를 먹고 완치되니라. 그가 명하되 "자루를 비우고 안에 다나르(데나리온)를 가득 채우라. 무슨 소원이든 들어주겠노라" "가진 것을 돌려주시고 모든 백성이 저와 대면하기를 원하나이다" 왕이 그대로 하니라. 그가 부두에 이르니 사자가 그 앞에 나오고 모든 백성이 그를 맞으러 나온지라. 그가 집에 이르자 자신의 재산을 가져다가 형제의 것을 물려주니라. 이는 말씀('사람의 행위를 따라 갚으사 각각 그의 행위대로 받게 하시나니'(욥기 34:11))을 성취하기 위함이라."[29]

재물의 복보다 훨씬 더 중요한 것은 기적적으로 죽음을 피한 기사일 터인데, 이는 "너는 네 떡을 물 위에 던져라. 여러 날 후에 도로 찾으리라"(전도서 11:1)를 풀이한 미드라쉬에 기록돼있다.

"랍비 비비가 이르되 "쩨다카를 베풀고 싶다면 토라를 연구하는 자들에게 할지니라. 본문에 기록된 '물'이 다름 아닌 토라의 말씀을 뜻하기 때문이라. 일렀으되 "오호라, 너희 모든 목마른 자들아 물로 나아오라 돈 없는 자도 오라 너희는 와서 사 먹되 돈 없이, 값없이 와서 포도주와 젖을 사라"(이사야 55:1) 함과 같으니라."

랍비 아키바가 말하기를 "내가 바다를 여행할 때 침몰하는 배를 보며, 승

---

29) 레위기 라바 37:2. 마이클 L. 새틀로Michael L. Satlow, 『계간 유대교학 100, 2(2010)』 244~77에 게재된 「열매와 열매의 열매Fruit and the fruit of fruit: charity and piety among jews in Late Antique Palestine」. 아비그도어 쉬난Avigdor Shinan, 『유대인 전통에 담긴 예루살렘의 그릇Mehkere Yerushalayim be-folklor yehudi 13/14(1990/91)』 61~79(히브리어)에 수록된 「시트론 이야기The Tale of the Citrons」도 참조하라.

하브루타 삶의 원칙 쩨다카

선했다가 익사 위기에 처한 탈미드 하함(학자)을 염려한지라. 그러나 갑바도기아 지방에 이르니 그가 내 앞에 앉아 질문할 새 "누가 너를 바다에서 건졌는가?" 물으니 그가 대답하되 "랍비여, 나를 대신해 선생이 올린 기도를 통해 파도가 파도에 나를 넘기고, 파도가 다시 파도에 나를 넘겨 뭍으로 오게 되었나이다" 하니라. 내가 재차 묻되 "무슨 선을 베풀었느냐?" "배에 오르자 가난한 자가 와서는 "나를 도우라" 하기로 빵 한 조각을 주었더니 "그대가 준 빵으로 연명한 것과 같이 그대의 목숨도 도로 찾을지니라" 하더이다" 랍비 아키바가 이르되, "그에게 읽어줄 말씀은 "너는 네 떡을 물 위에 던져라. 여러 날 후에 도로 찾으리라"(전도서 11:1)이니라."[30]

다음도 바다에서 기적적으로 구조된 기사로 앞선 일화와 주제가 아주 비슷하다.

"자선이 습관이 된 어느 경건한 자에 관한 이야기라. 그가 탄 배가 바다에서 풍랑을 만나 침몰한지라. 이를 지켜본 랍비 아키바는 아내의 재혼이 가하다는 증언을 위해 공회에 나왔으나, 증언하기 전 실종된 자가 그 앞에 서 있는지라.

랍비 아키바가 이르기를 "그대는 바다에 빠진 자가 아니더냐?"

사내가 대답하되 "그러하외다."

"누가 그대를 바다에서 건졌는가?"

---

30) 전도서 라바 11:1.

"내가 베푼 쩨다카가 나를 바다에서 건졌나이다."

"그걸 어찌 아느냐?"

그가 이르되 "깊은 바닷속을 헤맬 때 거대한 파도 소리를 들은지라. 파도가 파도에게 이르고, 그 파도는 다른 파도에게 말하기를 "서둘러라! 이자를 바다에서 건져내자! 그는 평생 쩨다카를 실천한 자니라" 하더이다."

랍비 아키바의 해석은 이러하니라. '복되신 하나님이요, 이스라엘의 하나님이 토라와 현인들의 말씀을 택하셨으니 그들의 말씀은 영원히 설 것이라. 기록된바, "너는 네 떡을 물 위에 던져라. 여러 날 후에 도로 찾으리라.(전도서 11:1)" "불의의 재물은 무익해도 공의는 죽음에서 건져 내느니라" 함과 같으니라.'"[31]

앞서 살펴본 바와 같이, 랍비 아키바는 쩨다카를 둘러싼 기적 같은 일화에 중심적인 역할을 한다. 분명 랍비 아키바는 딸에게 '쩨다카'의 가치를 가르쳤을 것으로 보인다. 그녀 또한 가난한 자를 도운 덕분에 목숨을 부지할 수 있었으니 말이다.

"점성술도 이스라엘에 피해를 주지 못한다는 교훈은 랍비 아키바에게서

---

31) 아보트 드 랍비 나탄 3, 버전 a, 섹터 버전. Yuval Shahar(편), 『사자가 두드릴 때Festchrift Arieh Kasher(Tel-Aviv, 2012)』 275~94(히브리어)에 수록된 므나헴 벤샬롬Menachem Ben-Shalom의 「랍비 나탄 무사 알레프의 위대한 빛을 따르는 자에게 자선을 베풀라Matan Tsedakah shel Hasidim le-or Avot de Rabbi Natan musah aleph」.

배웠노라. 랍비 아키바에게 딸이 하나 있는지라. 갈데아 출신의 점성술사가 그에게 이르되 "딸이 신부 방에 들어가는 날에는 뱀에 물려 죽으리라" 랍비 아키바가 이를 듣고 크게 염려하더라. 그날에 딸이 장신구를 취해 벽에 걸어두니 그것이 우연히 뱀의 눈에 들어간지라. 이튿날 아침 장신구를 꺼내자 뱀이 딸려 나온지라. "어제 무엇을 했느냐?" 아비가 묻자, 딸이 대답하되 "저녁에 가난한 사람이 찾아왔으나, 연회 중이라 모두가 분주해 그의 말을 듣는 자가 없더이다" 그가 딸에게 말하되 "잘했구나" 이때 랍비 아키바가 가르친 교훈은 이러하니라. "공의는 죽음에서 건지느니라"(잠언 10:2) 즉, 쩨다카는 비명횡사뿐 아니라 죽음에서도 구원하느니라."[32]

위 단락 마지막 문장은 랍비가 구사한 과장으로 보인다. 쩨다카가 불사의 몸을 만들 수는 없지만 불가피한 결과를 지연시키거나 조기 사망을 막을 수는 있을 것이다. 루이스 긴즈버그는 이 탈무드 기록을 가리켜 문을 두드린 걸인이 죽음의 천사였을지도 모른다고 주장했다. 천사는 랍비 아키바의 딸을 죽음으로 몰고 가야 할 임무를 완수하지 못한 것이다.[33]

32) 바벨론 탈무드, 샤바트 156b.

33) 긴즈버그Ginzberg, 『유대인의 전설The Legends of the Jews, 7권(Philadelphia: The Jewish Publication Society, 1949), 6권』 336쪽, n. 96.

내세에서 누리는 특전

랍비들은 쩨다카를 베푼 사람 모두가 이생에서 번창하고 건강과 장수를 누리진 못하리라는 것을 잘 알고 있었다. 그러니 랍비에게는 쩨다카가 내세에서 수많은 특전을 약속한다는 것이 중요했다. 잠시 있다가 가는 인생에 전전하기보다는 다가올 세상(천국)에서 바람직한 운명을 확보할 수 있도록 총력을 기울이라는 것이다. 이러한 자세는 다음 사례에도 잘 나타나 있다.

"랍비들은 모노바즈에 얽힌 일화를 가르쳤으니, 그는 자신뿐 아니라 흉년 때 부친의 재산마저 모두 탕진해 버린 왕이라. 그의 형제와 부친의 가족이 떼로 몰려와 말하기를 "네 부친은 재산을 모아 자기 부친의 재산을 불렸으나 너는 이를 탕진했느니라" 그가 대답하되 "부친은 아래서 모았으나 나는 위에서 모았느니라" 기록된바, "진리는 땅에서 솟아나고 의는 하늘에서 굽어보도다"(시편 85:11) 함과 같으니라. 부친은 열매를 맺지 않는 것을 모아두었으나 나는 열매를 맺는 것을 모았느니라. 일렀으되 "너희는 의인에게 복이 있으리라 말하라 그들은 그들의 행위의 열매를 먹을 것임이요"(이사야 3:10)함과 같으니라. 아울러 부친은 재물이라는 보화를 모았으나 나는 사람이라는 재물을 모았느니라. 기록된바, "의인의 열매는 생명나무라 지혜로운 자는 사람을 얻느니라"(잠언 11:30) 함과 같으니라. 부친은 남을 위해 모았으나 나는 자신을 위해 모았느니라. 성경에 기록된바, "그 일이 네 하나님 여호와 앞에서 네 공의로움이 되리라"(신명기 24:13) 함과 같으니라. 부친은 이생을 위해 모았으나 나는 내세를 위해 모았으니 일렀으되 "네 공의가 네 앞에 행하고 여호와의 영광이 네 뒤에 호위하리라"(이사야 58:8) 함과 같으니라."[34]

랍비들은 게힌놈의 심판만은 피할 수 있기만을 간절히 바랐다. 게힌놈은 속죄하지 못한 자와 쩨다카를 베풀지 않은 자들이 가는 곳이다. 게힌놈에서 탈출하는 것이야말로 쩨다카를 베푼 데 대한 가장 후한 보상이다.

이 점을 강조하기 위해 랍비들은 성경의 의미를 스스럼없이 왜곡하기도 했다. 특히 히브리어가 분명치 않은 난해한 문장("여호와께서 이같이 말씀하시기를 그들이 비록 강하고 많을지라도 반드시 멸절을 당하리니 그가 없어지리라"(나훔 1:12))에 대해 그들은 쩨다카를 설명할 요량으로 아래와 같이 풀이했다.

"형편이 부족함을 보더라도 쩨다카를 베풀어야 하니 풍족한 자라면 마땅히 더해야 할 것이다. '반드시 멸절을 당하리니 그가 없어지리라'는 무슨 뜻인가? 랍비 이슈마엘 학파에서는 이렇게 가르쳤느니라. '재산의 일부를 떼어 쩨다카를 베푸는 자는 누구든 게힌놈의 심판에서 구원을 받을 것이라' 비유컨대, 두 양이 강을 건너고 있는지라. 하나는 털을 깎았고 다른 하나는 깎지 않았는데 털을 깎은 양은 강을 건넜으나 깎지 않은 양은

---

34) 바벨론 탈무드, 바바 바트라 11a.

그러지 못한 격이니라. '다시는 너를 괴롭히지 아니할 것이라'(나훔 1:12)에 대해 마르 주트라는 '쩨다카로 생활하는 가난한 자도 쩨다카를 베풀어야 할 것이라'는 뜻으로 풀이했지만, 랍비 요세프는 '그가 쩨다카를 실천한다면 하나님께서는 가난의 조짐을 더는 보이지 않으시리라는 뜻'이라 가르쳤느니라."[35]

쩨다카를 실천하면 내세에서 자신을 두둔해줄 변호인을 확보하게 된다. "왕과 불화를 일으킨 사내가 중재하는 변호인을 얻은 것과 같으니라. 이와 같이 계명을 준행하고 토라를 연구하며 쩨다카를 실천하면 사탄(검사)이 그를 고발하는 동안 변호인단은 반대편에 서서 선행을 조목조목 이를 것이라. 기록된바, '사람의 선물은 그의 길을 넓게 하며'(잠언 18:16)라 함과 같으니라. 가난한 자에게 행한 일은 여기에 보탬이 되느니라. 일렀으되 '가난한 자를 보살피는 자에게 복이 있을지라'(시편 41:1)함과 같으니라."[36]

그래서 우리는 로쉬 하샤나(유대인들의 음력 설날)와 욤 키푸르(대속죄일)에 유명한 말씀을 반복하며 마음에 새긴다.

"랍비 유단이 랍비 엘리에제르의 이름으로 이르되, 처벌을 부르는 불리한 율법을 취소하는 것이 셋 있으니 트필라(기도)와 쩨다카(자선)와 트슈바(회개)니라. 이는 한 구절에 전부 언급돼 있으니 기록된바, "내 이름으로 일

---

35) 바벨론 탈무드, 기틴 7a~b.
36) 출애굽기 라바 31:2.

하브루타 삶의 원칙 쩨다카

컫는 내 백성이 그들의 악한 길에서 떠나 스스로 낮추고 기도해 내 얼굴을 찾으면 내가 하늘에서 듣고 그들의 죄를 사하고 그들의 땅을 고칠지라'(역대하 7:14)함과 같으니라. '기도해'는 트필라(기도)를, '내 얼굴을 찾으면'은 쩨다카(자선)를 가리키느니라. 일렀으되 "나는 의로운 중에 주의 얼굴을 뵈오리니"(시편 17:15)라 함과 같으니라. "그들의 악한 길에서 떠나라"는 것은 트슈바(회개)를 가리키느니라."[37]

쩨다카의 계명을 준행하면 게힌놈으로 떨어뜨릴 불리한 법령도 취소시킬 수 있다. 하나님이 원하시면 누구든 천국에 들어갈 권리를 얻을 수 있다. 천국 입구인 '의인의 문the Gates of the Righteous'는 쩨다카를 베푼 자에게 열린다. 랍비들은 "내게 의의 문들을 열지어다"(시편 118:19)를 풀이하면서 내세에서는 사람들이 질문을 받는다고 주장했다.

"'무슨 일을 했느냐?' 어떤 이가 대답하되 '주린 자에게 먹을 것을 주곤 했나이다' 그러자 그들이 이르기를 '이곳은 하나님의 문이니, 주린 자를 먹인 그대는 들어갈지니라' 어떤 이는 '목마른 자에게 물을 주곤 했나이다' 그러자 그들이 이르기를, '이곳은 하나님의 문이니, 목마른 자에게 물을 준 그대는 들어갈지니라' 어떤 이는 '헐벗은 자에게 입을 옷을 주곤 했나이다' 그러자 그들이 이르기를 '이곳은 하나님의 문이니, 헐벗은 자에게 옷을 입힌 그대는 들어갈지니라. 아울러 고아를 기른 자와 쩨다카를 베푼 자 및 사랑과 긍휼을 베푼 자도 그리할지니라."[38]

---

37) 전도서 라바 5:1, 6, 유사한 구절은 페식타 드 라브 카하나 28.
38) 미드라쉬 시편 118:17.

랍비들은 쩨다카가 불사(不死)의 기회를 제공했다고 생각했다. 누구도 쩨다카로 얻을 수 있는 특전을 과소평가해서는 안 된다. 후히 베푸는 사람은 내세에 들어갈 것이며 영원한 생명이 쩨다카의 궁극적인 분깃이 될 것이다. 이를 깨달은 사람이 바로 랍비 타르폰이었다.

"랍비 타르폰에 관한 이야기라. 그는 매우 부유했으나 가난한 자에게 자선을 베푼 적은 없는지라. 하루는 랍비 아키바가 그를 찾아 이르기를 '선생이여, 제가 도시 한두 성을 스승님께 매입해드리리까?' 랍비 타르폰이 대답하되 '그리하라'며 랍비 아키바에게 금 4천 디나르(데나리온)를 준지라. 랍비 아키바는 그 돈을 가지고 가난한 자에게 나눠줬더라. 얼마 후 랍비 타르폰이 그를 찾아 묻되 '내게 주려고 산 도성은 어디에 있느냐?' 하니 랍비 아키바가 그의 손을 잡고 '베이트 하미드라쉬'로 인도하는지라. 현장에 온 그가 시편 사본을 취해 그들 앞에 놓자 그들이 계속 읽다가 '그가 재물을 흩어 빈궁한 자들에게 주었으니 그의 의가 영구히 있으리로다'(시편 112:9)를 읽게 된지라. 랍비 아키바가 이르되 '이것이 선생을 위해 매입한 도성이로소이다!' 하더라. 이에 랍비 타르폰이 그에게 입을 맞추며 감탄한지라. '선생이여, 영웅이여! 지혜로운 스승이자, 인생의 본질을 깨달은 영웅이로다!' 하며 자선에 쓸 돈을 더 주니라."[39]

---

39) 칼라 라바티Kallah Rabbati 52b.

하브루타 삶의 원칙 쩨다카

04장

불이행에 따른 처벌

쩨 다 카

쩨다카는 기부자와 하나님의 관계를 돈독하게 해주는 능력이 있다. 반면, 쩨다카를 베풀지 않는 사람은 하나님과의 관계가 단절된다. 랍비들은 하나님과의 관계를 결정하는 변수로 기도의 응답 여부를 꼽았다. 쩨다카를 실천하지 않는 사람은 하나님이 심판하신다는 것이 랍비들의 주장이었다. 즉, 그들의 기도에는 응답하지 않으신다는 것이다. 이는 가장 혹독한 처벌 중 하나로 간주됐다.

랍비들은 '돈은 범사에 대답하느니라'(전도서 10:19)를 아래와 같이 풀이했다.

랍비 여호수아가 랍비 레위의 이름으로 말하기를 "사람의 기도는 응답

될 때도 있고 그렇지 않을 때도 있느니라. 재물을 쩨다카를 위해 선용할 때는 기도가 응답될 것이라. 기록된바, '나의 의가 내 대답이 되리라'(창세기 30:33)함과 같으니라. 그러나 재물을 쩨다카를 위해 쓰지 않을 때는 기도가 불리한 증거로 전용될 것이라. 일렀으되 '내가 너희에게 증거하노니'(신명기 8:19)라 함과 같으니라."[1]

부모라면 누구나 자녀가 잘 되기만을 기도할 것이다. 하지만 쩨다카를 베풀지 않는다면 그런 기도가 응답될 리 없다. 따지고 보면 자녀가 부모의 죗값을 치를지도 모른다. 부자의 딸에 얽힌 안타까운 일화에서 나온 이야기다. 부자가 감당해야 할 사회적 책임을 외면한 그는 자신과 가족에게 비극을 안겨주고 말았다.

"랍비들의 가르침이라. '하루는 랍비 요하난 벤 자카이가 나귀를 타고 예루살렘을 떠날 새 제자들이 뒤따른지라. 마침 한 소녀가 아랍 소떼의 배설물에서 보리이삭을 건지더라. 그를 본 소녀는 머리카락으로 얼굴을 두르고는 그 앞에 선지라. 소녀가 간청하되 "랍비여, 저를 도우소서!" "딸아, 너는 누구냐?" "저는 나크디몬 벤 고리온의 여식이라" "네 아비의 가정이 누리던 재산은 다 어디로 갔느냐?" 그러자 소녀가 이르기를 "예루살렘 속담에 '돈과 소금은 줄어들게 마련이라' 하지 않더이까?" 하더라.'"

---

1) 전도서 라바 10:1, 19.

하브루타 삶의 원칙 쩨다카

'재물은 쩨다카를 실천해야 보전할 수 있다. 쩨다카는 잠시나마 재물을 감소시키지만 동시에 이를 보전하는 역할도 한다'는 해석은 마지막 단어가 '하세르(Haser, 감소하다, 줄어들다)'라는 데 근거를 둔다. 물론 "이를 '헤세드hesed'로 보는 사람도 있다" 그러면 재산은 선을 행한 결과로 보전할 수 있다는 해석도 가능해진다. 마지막 단어가 '헤세드'라면 그렇다는 것이다. 이처럼 본문은 해당 단어의 마지막 글자가 서로 모양이 비슷한 '레이쉬(ㄱ)'인지 '달레트(ㄱ)'인지에 따라 해석이 달라질 수 있다.

"'그렇다면 시아버지의 가정이 누리던 재물은 어디로 갔느냐?' 로마군이 쳐들어와 시댁을 몰살했나이다. 랍비여 저의 커투바(결혼 계약서)에 서명한 때를 기억하실런지요?' 그가 제자들에게로 낯을 돌려 이르되 '내가 커투바에 서명한 때를 기억하노라. 기록을 보니 금 백만 디나르(데나리온)를 부친의 집에서와 시댁에서도 취할지니라' 하더라. 랍비 요하난 벤 자카이가 슬피 울며 이르기를 '이스라엘은 얼마나 행복한가! 하나님의 뜻을 행하면 어떤 민족이나 언어든 그들을 능히 제압하지 못하나, 하나님의 뜻을 거역하면 주님은 이스라엘을 열등한 족속의 손에 부치시되, 열등한 민족의 손뿐 아니라 열등한 민족의 짐승에게도 넘기실 것이라.'

나크디몬 벤 고리온은 쩨다카를 실천하지 않았느니라. 소문은 이러하니라. 그가 집을 나올 때마다 방모로 된 옷가지를 발밑에 깔아뒀는데 가난한 자들이 따라와 이를 다 접었다 하느니라. 듣고 싶다면 내 대답은 이러하니

'그는 자신의 영광을 위해 그러했느니라' 또한, 듣고 싶다면 내 대답은 이러하니 '그는 의무를 이행하지 않았느니라' 속담처럼 짐은 낙타에 비례하게 마련이니라."[2]

위 인용문에 기록된 속담은 낙타의 힘이 세면 그만큼 짐이 더 무거워진다는 뜻이다. 즉, 부의 규모가 크면 클수록 쩨다카를 감당해야 할 의무가 더 커진다는 이야기다. 앞선 일화에서 나크디몬 벤 고리온은 자신의 발이 닿는 곳마다 옷가지를 깔아뒀다고 한다. 재산의 규모를 감안한다면 그리 대단한 일은 아니었다. 그뿐 아니라 가난한 자를 업신여긴다는 인상을 준 것도 문제였다. 결국, 그는 재산을 탕진했고 딸도 극빈자로 전락하고 말았다. 쩨다카의 계명을 외면했을 때 당하는 고난에는 극한 빈곤만 있는 것은 아니다. 재물보다 더 소중한 건강을 잃을 수도 있다.

랍비들은 "내가 호도 동산으로 내려갔을 때"(아가 6:11)를 풀이하던 중 쩨다카와 관련된 비유를 들려줬다. "견과류에는 부드러운 것과 중간인 것과 아주 딱딱한 것이 있듯이, 이스라엘에도 자발적으로 쩨다카를 베푸는 자들이 있는가 하면 부탁을 해야 베푸는 사람도 있고, 부탁해도 베풀지 않는 사람이 있다. 랍비 레위가 이르되 '선행 앞에서 열리지 않는 문도 의사 앞에서는 열릴 것이라는 속담이 있느니라'"[3] 즉, 쩨다카를 실천하지 않으면 건강을 잃어 병원 신세를 지거나 죽을 수도 있다는 뜻이다.

---

2) 바벨론 탈무드, 커투보트 66b~67a.
3) 아가 라바 6:1, 11, 유사한 구절은 페식타 라바티 11:7, 울머(편).

하브루타 삶의 원칙 쩨다카

위 사례에서 쩨다카 계명을 준행하지 않은 데 대한 처벌은 이를 직계가족에게 실천하지 않은 자에게 돌아갔으나, 공동체가 처벌을 당하는 경우도 더러 있었다. 예컨대, 고대 이스라엘의 농경사회에서는 비가 절실히 필요했다. 초막절(Sukkot, 수코트)과 유월절(Pesah, 페사흐) 사이에 낭독하는 '슈모네 에스레이'(Shmoneh Esreh, 열여덟 가지 축복문)'는 하나님이 바람을 일으키고 비를 내리게 할 수 있다는 것을 인정한다. 가뭄은 공동체가 감내해야 할 고통이었다. 그렇다면 하나님은 왜 그토록 혹독하게 심판하실까?

"랍비 요하난이 이르되 '쩨다카를 공공연히 거역하며 베풀지 않는 사람들 때문에 비가 막히는 것이라. 기록된바, '선물한다고 거짓 자랑하는 자는 비 없는 구름과 바람 같으니라'(잠언 25:14)라 함과 같으니라'[4] 여기서 바람과 허풍선이는 교묘한 작태로 사람들의 합리적인 기대를 저버린다. 하나님은 공동체의 일원이 쩨다카를 서약하고도 이를 준행하지 않을 때 공동체에 끔찍한 제재를 가하셨다는 것이 랍비들의 생각이었다. 따라서 공동체가 쩨다카에 대해 선포한 바가 무엇이든 구성원이라면 이를 지켜야한다는 사회적 압력이 거셌으리라 추정된다.

다윗 왕 때 기근이 닥친 경위에 대해 랍비가 풀이한 설명에도 이러한 견해를 찾을 수 있다. 랍비들은 당시 비가 내리지 않은 원인으로 다섯 가지 죄악을 꼽았는데, 그중 하나는 "공개적으로 동의하고도 쩨다카를 베풀지

---

4) 바벨론 탈무드, 타니트 8b.

않은 자들의 죄악"이었다[5] 공개 서약과 쩨다카의 관계는 11장에서 좀 더 논의할 참이다.

---

5) 민수기 라바 8:4.

하브루타 삶의 원칙 쩨다카

05장

공동체에서
쩨다카의 역할

쩨다카를 베풀지 않은 데 대한 처벌은 공동체에도 불리하게 작용할 수 있다. 같은 이치로, 쩨다카를 실천하면 공동체에 덕이 될 수 있다. 공동체가 누릴 수 있는 가장 큰 특전은 젊은이의 생명이 보전되는 것이리라. 젊은 세대가 없으면 미래도 없기 때문이다.

어느 공동체는 젊은이들이 조기에 사망하자 깊은 번민에 휩싸였다. 사태를 역전시키는 비결은 바로 쩨다카에 있었다.

"제사장 계열의 두 가정에 관한 이야기라. 하루는 그들이 랍비 요하난 벤 자카이 앞에 나아와 이르되 '랍비여, 우리 아들이 12세에 죽었나이다' '그대는 "네 집에서 출산되는 모든 자가 젊어서 죽으리라"(사무엘상 2:33)는 엘리의 가문이더냐?' 그들이 대답하되 '랍비여, 어찌하면 좋으리까?' '자녀가 사춘기에 접어들면 쩨다카를 베풀게 하라. "공의(쩨다카)는 죽음에서 건지느니라"(잠언 10:2) 했으니 이를 가슴에 새기라. 그러면 죽음에서 구원을 받을 것이라. 엘리 자손에 대해서는 "네 집에서 출산되는 모든 자가 젊어서 죽으리라"(사무엘상 2:33) 함과 같으니라' 조언을 따르니 죽지 아니하더라."[1]

쩨다카를 실천하면 개인 차원을 넘어 사회를 의식하므로 공동체 의식을 느끼게 된다. 이 같은 가치관은 랍비가 규정한 인간의 유형에 잘 나타나 있다.

"사람의 성향은 넷으로 구분한다. "내 것은 내 것이고, 네 것은 네 것이다"라는 사람은 평범한 성향에 해당된다. 이렇게 말하는 사람은 소돔의 성향과도 같다. 두 번째 성향은 "내 것은 네 것이고, 네 것은 내 것이다"라는 사람은 '땅의 백성(배우지 못한 사람)'이다. 세 번째 성향은 "내 것은 네 것이고, 네 것도 네 것이다"라는 사람은 경건한 성향이며 끝으로 "네 것은 내 것이고, 내 것도 내 것이다"라는 사람은 사악한 성향에 해당된다."[2]

사람은 쩨다카를 이웃에게 실천해야 할 사회적 책임뿐 아니라 쩨다카 실천을 독려할 의무도 있다. 다음 인용문을 보면 알 수 있듯이, 랍비들의

---

1) 세데르 엘리야후 라바 11, 53쪽, 프리드먼 버전.
2) 아보트 드 랍비 나탄, 40, 버전 a, 셰크터 버전.

의도는 공동체가 쩨다카를 실천할 수 있도록 이를 독려하는 것이었다. "자선을 베푸는 사람의 성향도 넷으로 구분한다. 자신은 자선을 베풀고 싶어하지만, 남은 그러지 않기를 바라는 사람은 이웃에 대해 악한 눈을 가진 자다. 남의 자선은 바라지만, 정작 자신은 그러지 않으려는 사람은 자신에 대해 악한 눈을 가진 자다. 자신과 남의 자선을 모두 바라는 사람은 경건한 자요, 자선을 베풀 마음도 없고 남도 그러기를 바라는 사람은 사악한 자다."[3]

따라서 쩨다카는 개별적으로 준행하는 것이라기보다는 공동체 안에서 구성원 모두가 자신의 몫을 헌납하는 것이라야 옳다. 타인이 베푸는 자선을 촉진시키는 것이야말로 위대한 업적이다. "랍비 엘르아자르가 이르되 '몸소 선을 행하는 자보다 타인의 선행을 유도하는 자가 더 위대하다. 기록된바, "공의의 열매는 화평이요, 공의의 결과는 영원한 평안과 안전이라"(이사야 32:17) 함과 같으니라.'"[4]

개인의 품격은 물론 공동체의 품격도 높이고 싶다면 쩨다카 실천에 목표를 두면 된다. 쩨다카는 공동체의 잠재력을 최대한 끌어올릴 수 있기 때문이다. "'공의를 갑옷으로 삼으시며'(이사야 59:17)는 무슨 뜻인가? 조각이 서로 연결되어 하나의 갑옷을 이루듯 쩨다카에 기부한 티끌이 모여 태산을 이룬다는 뜻이리라. 랍비 하니나가 이르기를 '여기서 "우리의 의는

---

3) 아보트 드 랍비 나탄. 45. 버전 b. 셰터 버전.
4) 바벨론 탈무드, 바바 바트라 9a.

다 더러운 옷 같으며"(이사야 64:5)라 했다. 다시 말해 옷을 이루는 실이 모여 옷감을 완성하듯, 쩨다카에 기부한 동전이 모여 거액이 되느니라.'"[5]

쩨다카의 중요성을 얕잡아봐선 안 된다. 개인이 헌납한 액수가 아무리 작을지라도 최소한 거대한 천을 이루는 한 가닥의 실로서의 역할은 감당하기 때문이다. 쩨다카를 보편적으로 실천하는 세상이라면 누구나 위대한 작품을 만들어내는 장인이 될 수 있다. 쩨다카는 공동체의 노력에 의해서만 걸작을 창출해낼 수 있다.

쩨다카는 공동체의 책임을 동반한다. 그래서 랍비들은 주민이 공동체의 의무를 감당하기에 앞서 시일이 얼마나 필요할지 조사했다. 결론은 이러했다. "탐후이Tamhui 기금은 30일이요, 쿠파Kupah는 30일이며, 의류기금은 6개월이며, 장례기금은 9개월이라. 성벽 보수 기금은 12개월 후에 책임을 감당할지니라"[6] 여기에는 공동체가 부담하는 쩨다카를 이해하는 데 매우 중요한 어구가 둘 있다. '탐후이'와 '쿠파'를 두고 하는 말인데, 이를 두고 모르드개 카플란이 아래와 같이 정의한 바 있다.

"기금을 징수·배분하는 법은 제2성전이 파괴되기 전에도 존재한 것으로 알려졌다. 특히 두 가지 기금 유형은 그때부터 거의 오늘날까지 명맥을 이어왔으며 이를 쿠파와 탐후이라 한다. 쿠파는 주간 기금을 모아둔 공동

---

5) 바벨론 탈무드, 바바 바트라 9b.
6) 바벨론 탈무드, 바바 바트라 8a.

하브루타 삶의 원칙 쩨다카

체의 금고를 가리킨다. 이에 따라 가난한 자들은 일주일마다 생필품을 공급받았다. 고아를 부양하는 데도 쿠파가 제공됐다. 가난한 사람이 혼인하면 남편은 쿠파에서 임대료를 지급하고 아내는 옷가지를 받곤 했다. 탐후이는 금전이 아니라 현물을 주마다 걷었고, 급히 식량이 필요한 빈곤층과 부랑자를 위한 긴급구호품으로 활용됐다."[7]

한편 고아 중에서는 카플란이 특별히 구분한 부류가 있었다. 그들은 앞서 설명한 대로 기금의 수혜자였지만 기부도 할 수 있었다. 사실 쩨다카 의무에서 면제된 사람은 없었다. "라바가 바르 메리온의 집에서 쩨다카를 징수한지라. 아바예가 그에게 이르되 '포로를 구출하기 위해서라도 고아에게는 쩨다카를 걷지 말라고, 랍비 슈무엘 벤 예후다가 가르치지 않았더냐?' 그가 대답하되 '고아의 위신을 높이기 위해 그들에게 쩨다카를 징수한 것이라'"[8] 인용한 구절에서는 공동체의 필요를 위해 개인에게 쩨다카를 징수할 수 있다는 점에 주목해야 한다. 따라서 쩨다카를 자발적인 선행으로만 이해해서는 안 된다는 것이다. 공동체의 구성원이 될 대가가 쩨다카에 포함돼있기 때문이다. 아울러 라바가 고아의 사회적 위신을 높이기 위해 그들에게 기금을 걷었다는 점도 눈여겨볼 필요가 있다. 액수를 막론하고 쩨다카를 베풀지 못하는 사람에게는 사회적인 위신을 기대할 수 없다는 이야기다.

---

7) E. 패리스, F. 론, A. 토드(편), 『자선활동의 지성Intelligent Philanthropy(Chicago, 1930)』 52~89, 59쪽에 수록된 모르드카이 M. 카플란의 「유대인의 자선활동Jewish Philanthropy: Traditional and Modern」
8) 바벨론 탈무드, 바바 바트라 8a.

앞서 밝힌 바와 같이(3장) 쩨다카에는 기부자와 수혜자의 품격을 모두 끌어올릴 수 있는 독특한 능력이 있다. 쩨다카를 베풀 능력이 없다면 본인의 자긍심도 위축될 수 있다. 그래서 가난한 자도 쩨다카를 베풀어야 하는 것이다. "마르 주트라가 이르기를 '쩨다카로 연명하는 가난한 자도 쩨다카를 실천해야 하느니라.'"[9]

쩨다카는 유대인 공동체의 삶과 떼려야 뗄 수 없는 필수불가결한 덕목이었다. 규모가 작은 일부 유대인 공동체는 쩨다카를 제대로 실천할 수 없을 만큼 숫자가 부족했다. 이처럼 고립된 마을에서는 유대인 학자가 거주할 수 없었다. "랍비들의 가르침은 이러하니라. '열 가지가 없는 도시에서는 학자가 살 수 없으니, 태형과 같은 처벌을 선고할 공회요, 둘이 모으고 셋이 배분하는 쿠파요, 회당과 공중화장실이요, 할례를 행할 자와 의사요, 서예에 능한 예술가와 종교의식을 행하는 도살자요 교사니라'"[10] 열거한 순서가 중요한 것은 아니지만 그래도 '쿠파'를 회당 앞에 쓴 점은 좀 의외다.

---

9) 바벨론 탈무드, 기틴 7b.
10) 바벨론 탈무드, 산헤드린 17b.

06장

쩨다카는 시급한 문제

쩨 다 카

계명(미쯔보트^{mitzvot})은 기회가 닿는 대로 될 수 있으면 일찍 실천해야 한
다. 예컨대, 전통적으로 할례 계명은 태어난 지 8일째 되는 날 이른 아침
에 행한다. 이 원칙은 쩨다카에도 적용된다. 2장에서 살펴본 바와 같이,
랍비 시대에 가난은 어디에든 있었다. 랍비들은 쩨다카를 신속히 실천해
야만 인간의 생명을 살릴 수 있다는 점을 누구보다 잘 알고 있었다.

그럼에도 랍비들은 식량이나 옷가지를 나눠주기에 앞서 조사를 해야 할
지, 말아야 할지를 두고 논쟁을 벌였다. 가뜩이나 공급량이 부족한데 혹
시라도 자격이 안 되는 수혜자에게 기금이나 구호물자가 돌아가진 않을까
우려했던 것으로 보인다. 이 주제는 16장에서 자세히 다룰 것인데, 어쨌든
랍비들은 사전조사의 필요성에 대해 두 가지 의견을 제시했다. 하나는 옷

가지가 아닌 식량에 대해서는 사전조사가 필요하다는 입장이었고, 다른 하나는 그 반대였다.

랍비들이 분석 자료로 인용한 성경 구절은 이사야 58장 7절이다. "또 주린 자에게 네 양식을 나눠 주며 유리하는 빈민을 집에 들이며 헐벗은 자를 보면 입히며 또 네 골육을 피해 스스로 숨지 아니하는 것이 아니겠느냐"(이사야 58:7) 두 번째 구절을 두고 랍비 아다 바르 아하바R. Ada bar Ahavah 와 랍비 요하난R. Yohanan은 서로 다른 견해를 피력했다. 한쪽은 의류에 대해 지원자는 철저히 조사를 받아야 하나 식량은 여기에 해당되지 않는다는 것이다. 그러나 현인(랍비)들은 의류 또한 조사해서는 안 된다고 주장하면서 아브라함의 언약을 근거로 내세웠다. "네 골육을 피해 스스로 숨지 아니하는 것이 아니겠느냐"(이사야 58:7)에 대해 바르 카파라Bar Kappara는 "가난한 자의 육신을 자신의 것으로 간주해야 한다"고 역설했다.[1] 아브라함의 언약을 인용했다는 것은 할례를 입증할 증거의 유무는 공개해선 안 된다는 점을 암시한다.

같은 쟁점을 보는 랍비들의 시각은 거의 무한하다. 예컨대, 랍비 후나는 헐벗은 사람이나 누더기를 걸친 사람은 경멸의 대상이 된다는 점과 기근은 나체와는 달리 눈에 잘 띄지 않는다는 사실에 관심을 많이 쏟았다. 그는 이를 근거로 옷가지는 즉각 나눠 줘야 하나 배가 고프다는 자를 두고

---

1) 레위기 라바 34:14. 롬 버전.

하브루타 삶의 원칙 쩨다카

는 조사를 해야 한다고 주장했다. 반면, 랍비 유다는 식량이 없다면 즉각 고통을 호소하지만 입을 옷이 없다고 해서 고통이 중한 것은 아니라고 역설했다.[2] 물론 논쟁으로 현안이 해결된 것은 아니었지만, 쩨다카를 통한 구제 활동이 시급한 탓에 지원을 요구하는 자를 대충 조사하는 법은 없었다.

랍비들은 쩨다카를 현금으로 제공해야 할지, 현물로 나눠야 할지도 문제 삼았다. 현금을 제공하면 가난한 수혜자가 부족한 것을 즉각 채울 수 없다는 문제가 생긴다. 현금을 받으면 필요한 것으로 교환해야 하는 과정이 필요하기 때문이다. 예컨대, "가난한 자에게 양식을 주면 금세 허기를 채우겠지만, 현금을 주면 허기를 채우는 데 시간이 걸릴 것이다."[3]

쩨다카를 몇 초만 지연해도 생을 달리하는 경우도 있다. 감주의 나훔 Nahum of Gamzu이 삶 속에서 감내해야 했던 참변을 적나라하게 기록한 글이 있다. 그는 두 눈이 멀고 두 손과 발은 절단됐으며 온몸에는 종기가 뒤덮여 있었다. 집은 아주 낡았고 그가 누운 침대의 다리는 개미가 올라오지 못하도록 물을 부은 그릇으로 받쳐놓았다고 한다.

"제자가 묻되 '랍비여, 의로우신 스승님께서 어찌 이런 고난을 당하시나이까?' 그가 대답하되 '내가 자초한 일이니라. 나귀 세 마리를 끌고 갈 새,

---

2) 바벨론 탈무드, 바바 바트라 9a.

3) 바벨론 탈무드, 타니트 23b.

하나에는 먹을 것을 가득 실었고 나머지에는 음료와 별미를 가득 실었더라. 장인어른 댁에 가던 차에 가난한 자가 다가와 나를 세우고는 "먹을 것을 달라" 하는지라. "나귀에서 내려줄 테니 잠깐 기다리라" 하고는 손에 닿는 것을 내리려 했으나 그의 생명이 떠나간지라. 그를 부둥켜안고 탄식할 새 "그대의 눈을 공감하지 못한 내 눈이 멀고, 그대의 손을 공감하지 못한 내 손이 절단되며, 그대의 다리를 공감하지 못한 내 다리도 절단되며, 종기가 온몸을 덮기 전까지 마음이 쉼을 얻지 못하기를 원하나이다" 하니라' 제자가 소리를 높여 '오호라! 랍비께서 그런 연고로 참혹한 곤경에 처하셨나이다!' 하니, 랍비가 이르기를 '네가 이런 나를 보지 못했더라면 내게 화가 미쳤으리라!' 하니라."[4]

랍비들은 생명이 언제 떠날지 모른다는 점에도 관심을 뒀다. 사람이 땅에서 사는 날은 한정돼있다. 그러니 계명(특히 쩨다카)을 지키는 데 최선을 다함으로써 사는 날수를 지혜롭게 계수해야 할 것이다.

"랍비 쉬몬 벤 엘르아자르가 이르되 '기회가 있을 때와 수혜자를 찾을 수 있을 때 힘닿는 데까지 정의와 쩨다카를 실천하라. 솔로몬은 지혜로서 "너는 청년의 때에 너의 창조주를 기억하라. 곧 곤고한 날이 이르기 전에"(전도서 12:1)라고 했느니라. 이는 노년을 가리키는 말씀이요, "나는 아무 낙이 없다고 할 해들이 가깝기 전에"(전도서 12:1)는 공로도, 죄도 없는 메시

---

4) 바벨론 탈무드, 타니트 21a.

하브루타 삶의 원칙 쩨다카

아 시대를 일컫느니라.'"5)

생명은 위태롭고 언제 세상을 떠날지 모르는 데다 짧기 때문에 생명을
살리는 일은 시급한 것이다. 쩨다카를 베풀 기회가 있다면 내일로 미루지
마라. 내일은 그럴 기회조차 없을지도 모른다.

---

5) 바벨론 탈무드, 샤바트 151b.

07장

신중하고도
간접적인 쩨다카

쩨 다 카

보상의 크기는 쩨다카를 실천한 경위에 따라 달라진다. 예컨대, 쩨다카를 신중히 베풀었다면 지각없이 베풀 때보다는 보상이 더 클 것이다. 신중하지 못한 쩨다카는 이를 준행하라는 계명을 사실상 무효로 만든다는 것이 랍비들의 생각이었다. 자선은 수혜자가 수치심을 느끼지 않도록 신중하게 베푸는 것이 무엇보다 중요하다. 랍비 시대의 유대인 공동체는 규모가 작아 유대인들이 서로 알고 지내는 경우가 허다했다. 따라서 수혜자가 얼굴을 붉히는 일이 없으려면 이름을 밝히지 않고 쩨다카를 베푸는 것이 바람직했다. 그래야 수혜자도 기부자 앞에서 고개를 숙이지 않을 테니 말이다. 가난한 사람이 고개를 들고 떳떳이 다니려면 그를 도와준 사람을 알아보지 못하는 것이 가장 이상적이다. 그러나 인간의 호기심이 발동하면 기부자의 신원이 밝혀지기도 한다.

"마르 우크바는 동네에 가난한 사람이 있는 고로 그를 위해 매일 4주즈를 계단에 떨어뜨린지라. 하루는 가난한 자가 이르기를 '내게 선을 베푸는 자가 누구인지 확인하리라' 하는지라. 그날 마르 우크바가 아내와 함께 학당에서 늦게 귀가하더라. 가난한 자가 그들을 보자마자 뒤를 밟더니 두 사람이 그를 따돌리기 위해 불이 막 꺼진 도가니에 빠진지라. 마르 우크바의 발이 화상을 입자 아내가 이르되 '발을 들어 내 발 위에 얹으라' 하더라. 일이 이렇게 된 까닭이 무엇인고? 마르 주트라 벤 투비아가 라브의 이름으로 이르되 '사람들 앞에서 이웃이 부끄러움을 당하게 하느니 뜨거운 도가니에 몸을 던지는 편이 더 낫기 때문이라' 하니라. 근거는 어디서 찾을 수 있는가? 성경에 기록된바, '여인이 끌려 나갈 때에'(창세기 38:25)니라."[1]

인용된 구절을 이해하려면 창세기 8장 24~25절의 맥락을 살펴봐야 한다. "석 달쯤 후에 어떤 사람이 유다에게 일러 말하되 네 며느리 다말이 행음했고 그 행음함으로 말미암아 임신했느니라. 유다가 이르되 그를 끌어내어 불사르라. 여인이 끌려 나갈 때 사람을 보내어 시아버지에게 이르되 이 물건 임자로 말미암아 임신했나이다. 청하건대 보소서 이 도장과 그 끈과 지팡이가 누구의 것이니이까 한지라"(창세기 38:24~25) 이 구절을 두고 랍비들이 해석한 바에 따르면, 다말은 시아버지와의 밀회 사실을 폭로해 수치를 당하게 할 바에야 차라리 불에 타 죽는 편이 낫다고 판단했다고 한

---

1) 바벨론 탈무드, 커투보트 67b.

하브루타 삶의 원칙 쩨다카

다. 다말은 유다가 수치심을 느끼지 않도록 비밀리에 전갈을 보냈고, 유다가 밀회 사실을 공개적으로 인정하자 다말이 목숨을 부지할 수 있었다.(창세기 38:26) 마르 주트라는 다말 기사에 대한 랍비들의 해석을 통해 수혜자가 굴욕을 당하느니 자신이 불에 타 죽는 편이 낫다고 추론한 것이다.

다음 본문에도 쩨다카의 중요성을 강조하는 랍비들의 과장법이 나온다. "랍비 엘르아자르가 이르되 '쩨다카를 비밀리에 베푸는 사람은 우리의 스승인 모세보다 더 위대하니라. 모세를 두고 기록된바, "여호와께서 심히 분노하사 너희를 멸하려 하셨으므로 내가 두려워했노라"(신명기 9:19)라 했고, 쩨다카를 은밀히 실천하는 자에 대해서는 일렀으되 "은밀한 선물은 노를 쉽게 하고"(잠언 21:14)라 함이라.'"[2] 추측컨대, 랍비들은 은밀한 선물이 분노를 잠재운다고 했으니 쩨다카를 신중히 베푸는 자는 모세보다 훨씬 더 위대하다는 것이다. 모세는 하나님의 분노를 잠재울 수 없었기 때문이다.

사람의 행동은 드러내든 감추든 관계없이 하나님이 끊임없이 감찰하신다는 것이 랍비들의 사상이다. 다음 구절과 같이 사람은 누구도 하나님의 레이더망을 벗어날 수 없다. "하나님은 모든 행위와 모든 은밀한 일을 선악 간에 심판하시리라."(전도서 12:14) 탈무드는 마지막 구절을 이렇게 풀이했다.

---

2) 바벨론 탈무드, 바바 바트라 9b.

"랍비 얀나이 학파가 이르되 '사람들 앞에서 보란 듯이 가난한 사람을 구제하는 자를 가리키느니라. 얼핏 보기에는 선량한 것 같지만 실은 부적절한 악행이라. 랍비 얀나이도 이르기를 한 사내가 사람들 앞에서 가난한 자에게 1주즈를 건네주기에 그에게 이르기를 공공연히 그에게 돈을 쥐어주어 수치를 당하게 할 바에야 차라리 주지 않는 편이 더 나으니라 함과 같으니라' 랍비 쉴라 학파는 '여인에게 은밀히 자선을 베푼 자를 두고 한 말이라. 그는 여인을 의심에 빠뜨렸기 때문이라.'"3)

여기서 랍비들의 세심한 배려가 보인다. 쩨다카를 아무도 모르게 베풀었다고 해서 다 덕이 되는 것은 아니다. 랍비는 쩨다카를 은밀히 실천했어도 상대방이 수치를 당할 수 있는 상황을 생생히 그려냈다. 예컨대, 사내에게서 은밀히 돈을 받았다가 이웃이 이를 목격했다면 그의 눈에는 여인이 매춘부로 보일 수 있다는 것이다. 쩨다카를 드러낼지, 감출지는 각자가 처한 상황에 따라 달라질 수 있다. 물론 랍비들은 은밀한 쩨다카를 선호하지만 말이다. 평범하고 은밀한 환경에서 더 적절한 행동도 있다. 성애 Human Sexuality가 그렇다. 애정행각만큼 은밀한 환경에 어울리는 일도 없을 듯싶다. 솔로몬의 '아가'는 성애가 담긴 시지만 좀 더 영적으로 해석해야 한다. 예컨대, 랍비들은 다음을 신중한 쩨다카를 뒷받침하는 구절로 이해했다. "귀한 자의 딸아 신을 신은 네 발이 어찌 그리 아름다운가. 네 넓적다리는 둥글어서 숙련공의 손이 만든 구슬꿰미 같구나"(아가 7:1) '네 넓적

---

3) 바벨론 탈무드, 하기가 5a, 유사한 구절은 전도서 라바 12:1, 14.

하브루타 삶의 원칙 쩨다카

다리는 둥글다'는 표현은 연인만이 볼 수 있는 대상을 가리킨다. 쩨다카는 하나님만 볼 수 있어야 한다는 것이다.[4]

간접적으로 베푸는 쩨다카는 신중히 지키는 쩨다카와 대비된다. 공개적으로 누군가를 도와줘도 이를 수치로 생각하지 않는 사람도 있다. 흔히 고아가 그렇다. 가정에서 고아를 기르는 것도 간접적으로나마 쩨다카를 실천하는 방편이다. 성경은 "정의를 지키는 자들과 항상 공의(쩨다카)를 행하는 자는 복이 있도다"(시편 106:3)라 했는데, 이를 가리켜 "랍비 슈무엘 벤 나흐마니는 '고아를 입양해 혼인시키는 자를 두고 하는 말'"이라 했다.[5]

어떤 행사를 본래 의도와는 달리 쩨다카로 전환하는 것도 이를 간접적으로 실천하는 요령으로 꼽힌다.

"하루는 아바예가 압바(부항 뜨는 자)를 시험하려고 두 학자를 압바에게 보낸지라. 그는 둘을 영접하고, 먹을 것과 마실 것을 대접하고는 저녁이 되매 양모로 된 매트리스를 준비했더라. 이튿날 아침 두 학자가 매트리스를 말아 두 손에 들고 시장에 내다 팔러 가매, 거기서 압바를 만난지라. 그들이 묻되 '이것의 값이 얼마인고?' 그가 대답하되 '얼마쯤 하나이다' 그들이 이르되 '값이 더 나가진 않더냐?' '제가 그 가격에 샀나이다' 하니 그들이 실토한지라. '이는 그대의 것이라. 우리가 이를 여기에 가져왔는데 그대

---

4) 바벨론 탈무드, 모에드 카탄 16b.
5) 바벨론 탈무드, 커투보트 50a.

는 우리를 어떻게 생각했느뇨?'(왜 알고도 아무런 말을 하지 않았느뇨?) 그가 대답하되 '속으로 이르기를, 포로를 석방하는 데 자금이 필요할지 모르는 데다 이를 부끄럽게 여기실까 해 그랬나이다' '이제 그대의 것을 가져가라' 하니 압바가 이르되 '잃어버린 순간부터 기억에서 지웠으니 이를 쩨다카로 헌납하나이다' 하니라."6)

선의의 거짓도 간접적으로 쩨다카를 베푸는 요령이 될 수 있다. 기부자가 수혜자의 체면을 세우기 위해 그를 속이는 경우를 두고 하는 말이다. 수혜자는 자신이 쩨다카를 받는 줄도 모를 것이다.

"랍비 요나가 이르되 '성경은 가난한 자에게 자선을 베푸는 자가 복이 있다 하지 않고, 가난한 자를 보살피는 자에게 복이 있다(시편 41:1) 했느니라' 이는 가난한 자에게 유익을 주는 방편을 뜻하는 것이라. 귀족이긴 하나 재산을 잃은 사내가 쩨다카 받기를 부끄러워하는지라. 랍비 요나가 그를 찾아가 말하되 '그대가 해외에서 상속을 받을 거라는 소문을 들은지라. 이를 빌려줄 테니 상속을 받으면 그때 갚으라' 한지라. 그가 돈을 돌려주자 랍비 요나가 이르되 '실은 선물로 준 것이라' 하더라. 랍비 하마 벤 랍비 하니나가 이르기를 '공로와 관련해 복(시편 41:1)이 있다는 말은 스물두 번 기록된 반면 보상은 단 한 번뿐이니라. 어떤 보상인가?' "가난한 자를 보살피는 자에게 복이 있음이여 재앙의 날에 여호와께서 그를 건지시리로

---

6) 바벨론 탈무드, 타니트 21b〜22a.

하브루타 삶의 원칙 쩨다카

다"(시편 41:1) 함과 같으리라."[7]

앞서 인용한 본문에는 선의의 거짓으로 쩨다카를 베푸는 두 가지 기술이 보인다. 하나는 '빌려주는 자금(융자)'이고 또 하나는 '선물'이다. 랍비들은 '융자'가 먼저인지 '선물'이 먼저인지를 두고도 논쟁을 벌였다.

"라베이누(우리의 랍비)의 가르침이라. '가진 것이 없음에도 쩨다카를 원치 않는다면 그는 융자를 통해서라도 받을 것이요, 선물은 그다음에 받을지니라.' 랍비 메이르와 현인들은 '선물이 우선이고 융자는 그다음에 받을 것이라'한지라."[8]

랍비들은 자존심이 강해 '선물'을 받지 못하는 사람이 있는가 하면, 간접적으로 베푸는 쩨다카를 나중에 갚아야 할 '돈'으로 여겨 스스럼없이 받는 사람도 있다고 봤다. 어느 쪽이든 수혜자가 굴욕을 느끼지 않도록 쩨다카를 간접적으로 베푼다는 목적은 같다.

선의의 거짓을 재치 있게 활용한 사례는 다음 기록에도 잘 나타나 있다.

"랍비 쉬몬 벤 라키쉬가 보즈라에 가니라. 거기서 '속임수에 능한' 압바 유단을 봤는데, 그가 그런 평을 듣는 것은 정직하지 않아서가 아니라 계명을 속였기 때문이라. 다른 사람들이 모두 내고 나면 그때까지 거둔 총

---

7) 레위기 라바 34:1, 미드라쉬 시편 41:3도 참조하라.
8) 바벨론 탈무드, 커투보트 67b.

액만큼을 기부했더라. 랍비 쉬몬 벤 라키쉬가 그를 데리고 와 제 옆에 자리를 내줬느니라. 기록된바, '사람의 선물은 그의 길을 넓게 하며 또 존귀한 자 앞으로 그를 인도하느니라'(잠언 18:16)는 속임수에 능한 압바 유단에게 적용됐더라."[9]

앞선 일화에서 압바 유단의 속임수는 이랬다. 그는 주민들이 기부할 때 이를 보고만 있었다. 그러자 주민들은 압바 유단이 기부하지 않으면 쩨다카 기금이 부족할 거라는 생각에 압바의 몫까지 감안한 돈 이상을 낼 수밖에 없었다. 이처럼 남이 더는 낼 수 없을 만큼 최대한 기부하고 나면 압바 유단이 총액만큼을 더 냈다는 것이다. 그가 쩨다카를 비밀리에 실천했는지는 확인할 길이 없지만, '속임수에 능한 압바 유단'이라는 별칭이 있는 동안에는 이런 '속임수'를 자주 쓰진 못했을 것이다.

---

9) 레위기 라바 5:4.

하브루타 삶의 원칙 쩨다카

08장

기부자의 수칙

쩨 다 카

쩨다카는 기부자에게 적용되는 바람직한 요구와 의무 및 금지 규정이
있다. 우선 바람직한 요구란 기부자는 수혜자가 필요한 것을 제공해야 한
다는 것이다. 이 점이 무엇보다 중요하다. 예컨대, 아사할 위기에 처한 가
족에게 옷을 준다면 이를 쩨다카라고 하지는 않을 것이다. 따라서 기부자
는 수혜자에게 가장 필요한 것이 무엇인지 알아내기 위해 그들의 형편을
파악해야 한다. 물론 위급하거나 불 보듯 뻔한 상황이라면 세심한 조사는
필요하지 않을 것이다. 요컨대, 기부자는 관심을 갖고 지혜롭게 쩨다카를
베풀어야 한다.

수혜자의 필요를 충족시켜야 할 의무가 기부자에게 있다는 점은 "땅에
는 언제든지 가난한 자가 그치지 아니하겠으므로 내가 네게 명령해 이르

노니 너는 반드시 네 땅 안에 네 형제 중 곤란한 자와 궁핍한 자에게 네 손을 펼지니라"(신명기 15:11)를 풀이한 랍비의 주석에 잘 나타나 있다. 랍비들은 성경이 세 가지 부류를 열거한 이유가 궁금했다. 해석은 이렇다. "빵을 먹을 자에게는 빵을 주고, 이사(밀가루)를 먹을 자에게는 이사를 줄 것이며, 금전을 줄 자에게는 금전을 주며, 입에 먹여 줘야 할 자에게는 입에 먹여주라는 뜻이라."[1]

신명기 15장에는 랍비들이 기부자의 의무를 논할 때 적용한 구절도 있다. "네 하나님 여호와께서 네게 주신 땅 어느 성읍에서든지 가난한 형제가 너와 함께 거주하거든 그 가난한 형제에게 네 마음을 완악하게 하지말며 네 손을 움켜쥐지 말고, 반드시 네 손을 그에게 펴서 그에게 필요한 대로 쓸 것을 넉넉히 꾸어주라"(신명기 15:7~8) 랍비들은 쩨다카를 실천하는 방도를 찾기 위해 이 구절을 분석했다.

예컨대, 쩨다카에 의존하는 고아가 혼인 의사를 밝히면 공동체는 1) 그가 살 집을 임대해주고 2)침대를 마련해주며 3)살림도 보태줄 뿐 아니라 4) 결혼할 아내도 찾아줘야 했다. "기록된바, '그에게 필요한 대로 쓸 것을 넉넉히 꾸어주라'(신명기 15:8) 했으므로 '필요한 대로 넉넉히'는 침대와 상을 가리키고, '그'는 아내를 전제로 한 말이니라. 일렀으되 '여호와 하나님이 이르시되 사람이 혼자 사는 것이 좋지 아니하니 내가 그를 위해 돕는 배

---

[1] 시프레이 신명기 118.

필을 지으리라 하시니라'(창세기 2:18) 함과 같으니라."[2]

앞선 본문에서 제기된 문제는 '넉넉하다'가 뜻하는 정도였다. 기부자가 수혜자의 필요를 충족시켜야 할 의무는 어디까지일까? "랍비들의 가르침은 이러하니라. '그에게 넉넉히'(신명기 15:8)는 그를 돕되 부자로 만들라는 명령은 아니니라. 아울러 '그에게 필요한 대로'는 그 앞에 달릴 종과 타고 다닐 말이 될 수도 있느니라. 전설에 따르면 힐렐은 귀족 출신이었다가 몰락한 자를 위해 말 한 필과 그를 보필할 종을 샀는데 하루는 앞서 달려야 할 종이 보이지 않자 힐렐이 3마일을 직접 달렸다 하니라."[3]

따라서 랍비들은 생활 수준이 급격히 쇠락하기 전의 경제적 형편도 파악해야 한다고 주문한다. 되도록 수혜자의 기존 형편에 걸맞도록 도와줘야 한다는 것이다. 전에는 부자였던 사람이 걸인처럼 산다는 것은 너무도 치욕일 테니 말이다. 공동체 전원이 이 같은 의무를 감당하는 경우도 더러 있었다. 예컨대, 갈릴리 북부지방의 한 소도시 주민들은 귀족 출신의 저소득자를 위해 매일 육류를 구매했다고 한다. 비싼 가금류인지라 공동체에도 부담이 이만저만이 아니었지만, 그들은 가난한 자가 과거와 동등한 생활을 영위할 수 있도록 돕는 것이 공동체의 책임이라는 데 공감한 것이다.[4]

---

2) 바벨론 탈무드, 커투보트 67b.
3) 같은 책.
4) 같은 책.

기부자에게 바람직한 요구를 보여주는 또 다른 사례는 다음과 같다.

"하루는 사내가 라바Rava를 찾아온지라. 그가 묻되 '그대는 무엇을 주로 먹는가?' 사내가 대답하되 '살찐 닭과 숙성된 와인이라' '공동체에 부담이 될 거라고는 생각지 않느냐? 내가 그들의 것을 먹겠나이까? 긍휼하신 하나님의 것을 먹을 뿐이니, 기록된바, "모든 사람의 눈이 주를 앙망하오니 주는 당신의 때를 따라 그들에게 먹을 것을 주시며"(시편 145:15) 함과 같으니라' 그런즉 '그들의 때를 따라'라 하지 않고 '당신의 때를 따라'라 한 것이외다. 성경은 거룩하시고 복되신 하나님이 각 사람에게 자신의 취향대로 먹을 것을 주신다고 가르쳤음이라. 이때 13년간 라바를 본 적이 없던 여동생이 살찐 닭과 숙성된 와인을 가져온지라. 라바가 이르되 '이런 우연이 또 어디 있을꼬. 청하건대, 와서 들라' 하니라."5)

수혜자의 과거뿐 아니라 현재의 경제적 형편과 사정도 파악해야 한다. 과도기에 있는가? 때는 안식일인가? 현지에는 얼마나 오래 체류하는가? 랍비의 답변은 아래와 같다.

"그러나 확실히 알게 된 바는 이러하니라. 가난한 자가 이동 중일 때는 (두 끼로 넉넉한) 빵 한 덩이보다 적게 주지는 말지니라. 될 수 있으면 밤에 도와주라. 그가 안식일을 보낸다면 세 끼 먹을 식량을 줄지니라. 예를 들어, 한

---

5) 같은 책.

끼 식사를 그와 함께 먹는다면 그에게 말할지니 '네가 가진 것을 먹으라'
하라. 그가 떠날 때 빈손이라면 어떻게 되겠느냐? (그럴 순 없으니라!) 그에게
먹을 것을 주라. 밤에 돕는다는 것은 무슨 뜻인가? 랍비 파파가 이르기를
'침대와 베개를 두고 하는 말이니라' 하니라."[6]

앞선 인용문을 보면 기부자는 수혜자의 필요를 채우는 데 최선을 다하되
그 방법을 세심하게 고민해야 한다. 단순히 쩨다카를 베푸는 것만으로는 부
족하다면 지혜를 발휘해야 할 것이다. 합리적인 방법으로 적정액을 기부하
는 것도 중요하다. 쩨다카에 대한 책임은 랍비 요나가 밝힌 바 있다. "가난한
자에게 베푸는 자가 복이 있다' 하지 않고 '가난한 자를 보살피는 자에게 복
이 있다'(시편 41:1)고 했다. 즉, 그에게 유익을 줄 방편을 숙고하라(마스킬maskil)
는 것이다"[7] 랍비 요나에 따르면, 위 구절에서 '마스킬'은 쩨다카를 실천할 때
자신의 통찰력Insight을 활용해야 한다는 뜻이라고 한다.

기부자가 감당해야 할 또 다른 의무는 겸손한 태도로 쩨다카를 실천해
야 한다는 것이다. 거들먹거리거나 잘난 체를 하면 수혜자가 굴욕을 느낄
수 있기 때문이다. 심각한 부정이란 이를 두고 하는 말일 것이다. 아울러
아래 기록된바와 같이 겸손은 쩨다카에서 높이 평가되고 있는 덕목이다.

"가족에게 겸손을 가르치라. 하나가 겸손하면 가족 모두가 겸손하기 때

---

6) 바벨론 탈무드, 샤바트 118a.
7) 레위기 라바 34:1, 유사한 구절은 예루살렘 탈무드, 페아 8:8.

문이라. 그런 집이라면 가난한 자가 입구에서 서성이다가 '아버지가 계시뇨?' 물으면 자녀는 '그러하외다. 들어오소서' 할지라. 그가 집에 들기도 전에 식사는 이미 준비됐을 것이고 그가 들어가 먹고 마시며 하늘의 축복을 기원하니 가장에게 기쁨이 충만할 것이라. 그러나 겸손하지 못하고 참을성이 없다면 가난한 자가 입구에서 서성이다가 그들에게 '아버지가 계시뇨?' 물으면 '없소!'라 잡아떼고 면박을 주며 그를 쫓아낼 것이라."[8]

랍비들은 겸손의 덕을 높이 평가했고, 쩨다카 기부자라면 이를 함양해야 마땅하다고 여겼을 것이다. 기부자는 바람직한 요구와 의무뿐 아니라 제한 규정도 지켜야 한다. 기부해야 할 쩨다카의 상한선은 정해졌다. 그러지 않으면 혹시라도 기부자가 남의 쩨다카의 신세를 져야 할지도 모르기 때문이다. 3장에서 언급한 바와 같이, 쩨다카를 과하게 베풀었다가 가정이 되레 핍절한 경우도 있었다. 산술적인 상한선은 가이드라인 역할을 할 수 있도록 정해둬야 한다. 랍비들은 재산의 10분의 1과 5분의 1 중 어느 쪽이 합당한지 논의했다.

"랍비 엘라이가 이르되 '우샤에서는 자유롭게 쓰고 싶다 해도 5분의 1은 넘지 못할 것이라' 한지라. 사람이(쩨다카를 위해) 자유롭게 쓰고 싶다 해도 (재산의) 5분의 1은 넘지 못할지라. 그가 사람들에게서 쩨다카가 필요한 지경에 처할지 모르기 때문이라. 성경에서 찾은 근거는 어디에 있느냐? 기록

---

8) 아보트 드 랍비 나탄 7, 버전 a, 셰크터 버전.

하브루타 삶의 원칙 쩨다카

된바, '하나님께서 내게 주신 모든 것에서 십분의 일을 내가 반드시 하나님께 드리겠나이다'(창세기 28:22) 함과 같으니라. 그렇다면 두 번째 십일조는 첫 번째 것과는 다르다는 말인가? 랍비 아쉬가 대답하되 "'십분의 일을 내가 드리겠나이다'는 "첫 번째 10분의 1과 같이 두 번째 10분의 1도 드리겠다"는 뜻이라' 하니라."[9]

앞서 인용된 구절을 히브리어로 유심히 살펴보면 동사 십분의 일을 드리다'가 반복되었다는 점을 알 수 있을 것이다. 랍비들은 동사가 반복됐다는 점으로 미루어 쩨다카를 위해 재산에서 10분의 2나 5분의 1을 드렸을 거라고 주장했다.

5분의 1이 최대라고 했지만, 여기에도 예외는 있다. 기부자가 임종을 앞두고 있을 때라면 경제적인 형편이 더는 악화되지 않으므로 '임종은 예외'로 규정한 것이다. "마르 우크바의 영혼이 곧 떠날 무렵, 그가 이르되 '쩨다카 장부를 가져오라' 하더라. 7,000 시얀(금) 디나르(데나리온)가 적혀있는 것을 보고는 '식량은 가벼우나 길은 멀구나'라며 일어나 가진 것의 절반을 헌납하더라. 어찌 그럴 수 있는가? 랍비 엘라이가 우샤에서는 자유롭게 쓰고 싶어도 5분의 1은 넘지 못한다 하지 않았더냐? 이는 사람이 살아있을 때를 염두에 두고 정한 바라. 설령 핍절하더라도 사망한 후에는 문제가 되지 않느니라."[10]

---

9) 바벨론 탈무드, 커투보트 50a.
10) 바벨론 탈무드, 커투보트 67b.

09장

자선 모금인

쩨 다 카

가난한 수혜자라 해서 모두가 형편을 헤아리며 흔쾌히 도와줄 기부자를 찾을 수 있는 것은 아닐 듯싶다. 쩨다카 제도가 공동체에서 원활히 가동되기 위해서는 기부자와 수혜자를 이어주는 중개자가 있어야 했다. '자선 모금인'으로 알려진 그들은 쩨다카를 '모아서' '배분하는' 두 가지 역할을 도맡았는데 직책상 까다롭고 어려운 직무를 감당했다. 어찌 보면 쩨다카를 모으는 역할은 이를 배분하는 것보다 어렵지는 않았다. "랍비 요세이가 이르되, '쩨다카를 배분하는 자보다는 모으는 자의 몫을 감당하기를 원하노라' 하니라."[1]

랍비 요세이는 쩨다카를 모금할 때 사심이 작용할 수 있다는 점이 마음

---

1)바벨론 탈무드, 샤바트 118b.

에 걸렸다. 기부는 의무이기 때문에 자신의 헌금이 제대로 수납되는지를 두고 도덕적인 잣대를 들이댈 필요가 없었다. 그러나 배분은 도덕적인 딜 레마에 빠질 수 있었다. 대개는 가난한 자의 수요를 충족시킬 만큼 쩨다 카 기금이 넉넉지 않았기 때문이다. 쩨다카를 받을 만한 사람을 선별하고 나면 나머지는 수혜자 명단에서 제외됐다. 아울러 쩨다카는 공정하고 동 등하게 나눠야 했고 누구에게도 특혜를 줄 수 없었다.

대개 자선 모금인은 공동체에서 존경을 받았다. 일부 랍비들은 그들이 공동체에 영적이자 도덕적인 리더십을 발휘한다고 극찬하기도 했다. 성경 에도 잘 나타나 있는 대목이다. "많은 사람을 옳은 데로 돌아오게 한 자 는 별과 같이 영원토록 빛나리라"(다니엘 12:3) "이는 쩨다카 모금인을 두고 한 말이니라."[2]

공동체가 높이 평가하는 품격과 직종의 위상은 부모가 사위나 며느릿 감으로 권하는 정도로 결정된다. "부친이 공직자나 자선 모금인으로 알려 진 사람이 제사장 반열과 혼인시키면 혈통은 조사할 필요가 없느니라"[3]제 사장 반열과 혼인하면 사회에서는 최상위 계열로 인정했다는 것이다.[4]그 러면 가문의 족보는 구태여 건네지 않아도 됐다.

---

2) 바벨론 탈무드, 바바 바트라 8b.

3) 미쉬나, 키두쉰 4:5.

4) 리 I. 레빈, 「후기 고전시대 로마령 팔레스타인의 랍비사회(Jerusalem:Yad Yitzhak Ben-Zvi Publications, 1989)」

하브루타 삶의 원칙 쩨다카

유대인 공동체에서는 아들의 배우자로 적격 판정을 받을 수 있는 순위에 서열을 뒀다. 예컨대, 자선 모금인의 딸도 서열에는 있으나 최고는 아니었다. "우리 랍비들의 가르침이라. '사내는 재산을 모두 팔아서라도 학자의 딸과 혼인하라. 학자의 딸을 찾지 못했다면 당대에 존경할만한 자(짐작건대, 유대인 공동체의 지도자)의 딸과 혼인하라. 당대에 존경할만한 자의 딸을 찾지 못했다면 회당장의 딸과 혼인하라. 회당장의 딸을 찾지 못했다면 쩨다카 모금인의 딸과 혼인하라. 쩨다카 모금인의 딸을 찾지 못했다면 초등학교 교사의 딸과 혼인하되, 암 하아레쯔(무식한 자나 문맹인)의 딸과 혼인해서는 안 되느니라.'"[5]

자선 모금인이 보통 인기가 없었던 이유는 쩨다카의 의무를 외면하는 주민과 실랑이를 벌여야 하는 불쾌한 일을 도맡아야 했기 때문이다. 미쉬나가 자선 모금인과 제사장 반열의 혼사를 제기한 이유에 대해 랍비들이 해석한 바는 이렇다.[6]

자선 모금인은 공동체에서 처신('마리트 아인Marit 'ayin')에 신경을 써야 했다. 의심을 사는 행동은 삼가야 했고, 쩨다카 헌금을 오용하고 있다는 인상을 줘서도 안 됐다. 랍비들은 자선 모금인이 원칙을 준수할 수 있도록 행동수칙을 세우기도 했다.

---

5) 바벨론 탈무드, 페사힘 49b.
6) 바벨론 탈무드, 키두쉰 76b.

"우리 랍비들의 가르침이라. '쩨다카 모금인은 따로 다닐 수 없으나, 하나가 매장에서 헌금을 징수한다면 다른 모금인은 (잠시) 대문에서 헌금을 징수할 수 있느니라. 둘 중 하나가 시장에서 바닥에 떨어진 돈을 보면 주머니에 넣지 말고 쿠파에 넣어둔 뒤 귀가한 후에 꺼낼지니라. 이와 마찬가지로, 둘 중 하나가 이웃에게 한 미나를 빌려주고 난 뒤 그가 시장에서 꾼돈을 갚는다면 이를 주머니에 넣지 말고 쿠파에 넣어둔 뒤 귀가한 후에 꺼낼지니라. 탐후이의 청지기가 식량은 있으나 가난한 자가 없어 이를 나누어줄 수 없다면 저가 아닌 이웃에게 팔 것이요. 쩨다카 헌금을 헤아릴 때는 단번에 두 동전을 세지 말고 한 번에 하나씩 셀지니라(둘을 하나처럼 세고 있다는 인상을 줄 수 있기 때문이다)."[7]

랍비들은 자선 모금인이 헌금을 모아 공정하게 나눠준다는 가정에 따라 쩨다카 제도의 성패가 달려있다는 점을 알고 있었다. 혹시라도 자선 모금인이 부적절한 처사의 의심으로 이러한 가정이 흔들린다면 쩨다카 제도는 언제든 무너질 수 있었다.

랍비들은 모금과 배분에 대한 절차상의 규정을 마련하기도 했다. "우리 랍비들의 가르침이라. '쩨다카 헌금은 둘이 모으고 셋이 나눠줄 것이요. 둘이 모으는 까닭은 공동체에 대해 권위를 부여하는 행정처에는 최소 두 사람을 채워야 하기 때문이라. 셋이 나누는 까닭은 경제(금전)사건은 세 명

---

7) 바벨론 탈무드, 바바 바트라 8b. 유사한 단락은 바벨론 탈무드, 페사힘 13a.

하브루타 삶의 원칙 쩨다카

의 판관으로 구성된 공회가 판결한다는 점에서 유추한 것이니라. 탐후이에 배정된 식량은 모든 객이 먹을 것이요, 쿠파는 가난한 자에게 돌아갈지니라."[8]

쩨다카 헌금을 세 명이 나눠야 하는 이유는 모금인이, 공의회(베이트 딘)와 같이, 청구인 중에서 쩨다카 배분을 결정해야 하기 때문이다. 식량은 셋이 모으고 셋이 분배한다. 즉각 분배하지 않아 지연되면 식량이 상할 수 있기 때문이다.

결국 쩨다카 헌금은 자선 모금인의 정직이 성패를 좌우했다. 따라서 기부자는 정직한 모금인에게 신중히 전달해야 했다. "믿을 수 있는 사람으로 정평이 난 랍비 하나나 벤 트라디온 같은 사람이 감찰하지 않는다면 한 푼이라도 모금함에 넣어선 안 되느니라."[9]

자선 모금인은 엄청난 재량권을 손에 쥐고 있었다. 당시 그들은 현지 공동체 주민에게 헌금을 나눠줄지, 이웃 공동체의 극빈자에게 나눠줄지 고민했다. 모금함이 둘 있다면 각각의 목적에 맞게 하나씩 둬야 할까? 자선 모금인의 권한을 제한할 조건도 마련해야 하진 않을까? 랍비 아시는 이를 반박했다. "조건은 필요치 않으니, 쩨다카를 실천할 요량으로 나오는 사람은 누구나 내 판단을 존중해 내가 주고자 하는 자에게 주라는 생각으로

---

8) 같은 책.

9) 바벨론 탈무드, 바바 바트라 10b. 유사한 구절은 칼라 라바티 51a~b.

헌금을 맡기기 때문이라."[10]

이처럼 랍비들은 자선 모금인이 대단한 신뢰를 받았기에 장부를 요구하지 않았다. 성경에서 이를 뒷받침하는 구절은 찾을 수 없었으나, 어느 정도는 정당성이 인정될 만한 구절을 인용했다. "또 그 은을 받아 일꾼에게 주는 사람들과 회계하지 아니했으니 이는 그들이 성실히 일을 했음이라."(열왕기하12:15)[11]

특별한 목적이 있어 헌금을 마련하는 경우도 더러 있었다. 이때 자선 모금인에게는 기부자의 본래 의도를 존중해야 할 의무가 있었다. 예컨대, 랍비 요세이 벤 키스말이 한 번은 부림절 헌금을 일반 쩨다카 헌금으로 착각한 적이 있다. 결국, 그는 부림절이 됐을 때 자신이 낸 헌금을 가난한 자에게 줬다고 한다. 원래 부림절 헌금은 이미 나눠 주고 없었기 때문이다.[12]

남자가 재정을 판단했던 시절, 여성은 쩨다카를 기부하는 데 그다지 커다란 힘을 보태진 못했다. 그 때문에 자선 모금인은 여성에게는 소액을 받는 데 만족해야 했다. 사실 '소액'도 부의 상대적인 규모에 따라 의미는 달랐다.

"어느 날 라비나가 마후자Mahuza 성에 이른지라. 아낙네들이 나와 사슬과

---

10) 바벨론 탈무드, 바바 바트라 9a.
11) 같은 책.
12) 바벨론 탈무드, 아보다 자라 17b. 유사한 단락은 칼라 라바티 52b.

하브루타 삶의 원칙 쩨다카

팔찌를 그 앞에 던져두자, 그가 이를 (쩨다카 헌금으로) 거뒀더라. 랍바 토스파가 라비나에게 묻되 '자선 모금인은 거액이 아닌 소액을 거둬야 한다는 것을 배우지 않았느냐?' 그가 대답하되 '마후자 사람에게는 이것이 소액이니라' 하니라."[13]

자선 모금인은 힘이 닿는 한도 이상으로 헌금을 강요할 수 있었으나, 기부자의 형편 이상으로 무리하게 헌금을 강요하면 신에게 처벌을 받는다고 여겨졌다. "그를 압박하는 모든 사람은 내가 다 벌하리라.(예레미야 30:20) 쩨다카 모금인도 예외는 아니니라."[14]

랍비의 천재성 중 하나는 미묘한 차이를 구분해내는 능력에 있다. 앞서 언급한 심판이 랍비들에게 대거 임할지 모른다는 생각에 그들은 규정을 살짝 바꿨다. 아래 인용한 글은 유대인 공동체에 자리 잡은 '토라 연구'의 독보적인 가치를 입증한다.

"랍비 버레히야와 부친 랍비 히야는 랍비 요세이 바르 너호라이의 가르침을 인용하며 담화를 시작한지라. 기록된바, '그를 압박하는 모든 사람은 내가 다 벌하리라'(예레미야 30:20)는 쩨다카 모금인에도 적용되느니라. 그러나 미쉬나 교사와 성경 교사를 위한 헌금(즉, 미쉬나 교사와 성경 교사가 마땅히 받을 대가)을 모으는 자들에게는 적용되지 않을지니라. 그들은 다른 직장에

---

13) 바벨론 탈무드, 바바 카마 119a.
14) 레위기 라바 30:1.

서도 자신을 위해 일하지 않기 때문이라. 토라의 한 글자를 가르치더라도 이에 대한 대가는 누구도 치를 수 없느니라."[15]

---

15) 페식타 드 라브 카하나 28, 178a쪽, 부버 버전.

하브루타 삶의 원칙 쩨다카

10장

우선순위

쩨 다 카

쩨다카의 우선순위를 논하기에 앞서, 이 주제를 언급한 랍비 문헌들은 쩨다카에 대한 일관된 순서를 주장하지 않는다는 점부터 일러둬야겠다. 여러 문헌이 제시하는 순위는 서로 다른데, 그럼에도 일부 랍비 문헌은 훗날 유대교 율법을 집대성한 학자들이 쩨다카의 순서를 정리하는 데 증거로 활용됐다.[1)]

쩨다카를 나누는 법을 기록한 랍비 문헌은 잠시 접어두고 '형편이 여의치 않아 줄 것이 전혀 없다면' 어떻게 대응해야 할지 생각해보자. 쩨다카

---

1) 마이모니데스, 「미쉬네 토라Mishneh Torah」, 힐호트 마테노트 아니임Hilkhot matenot 'aniyim. 아브라함 크론바흐Abraham Cronbach, 「히브리 유니온 대학 연감 16호(1941),163~86」에 수록된 「긍휼의 변화The Gradations of Benevolence」와 아론 로젠버그Aaron Rosenberg, 「야코브 벤 아쉐르Jacob Ben Asher의 '아르바아 투림Arba-ah Turim'에 담긴 쩨다카의 율법역 및 미쉬네 토라와 아르바아 투림과 슐한 이루흐의 쩨다카 법 처리 비교A Translation of the "Laws of Tzedakah" in the Arba-ah Turim by Jacob Ben Asher and a Comparison Between Treatment of the Laws of Tzedakah in the Mishneh Torah, the Arba-ah Turim, and the Shulchan Aruch(Rabbinic Thesis, Hebrew Union College-Jewish Institute of Religion, Cincinnati, 1974)」

의 순위 목록에는 뭔가 나눠줄 것이 있고 이를 배분하는 데 선택이 필요하다는 가정이 바탕에 깔려 있다. 그러나 이런 가정은 베풀 형편이 전혀 못 되는 사람에게는 적용되지 않을 수도 있다. 성경에는 "주린 자에게 네 심정이 동하며 괴로워하는 자의 심정을 만족하게 하면 네 빛이 흑암 중에서 떠올라 네 어둠이 낮과 같이 될 것"(이사야 58:10)이라는 기록이 있다. 이를 근거로 "랍비 레비가 이르되 "줄 것이 전혀 없다면 말로 그를 위로할지니 이렇게 전하라. 내 영이 그대에게 갈지니 내게 줄 것이 아무것도 없음이라.""[2] 베풀 것이 없다 해도 자선을 청하는 자의 영을 위로하기 위해 전심으로 노력해야 한다는 의미다. 몇 푼 안 되는 돈보다는 친절하고 따뜻한 말과 공감이 상한 심령의 기운을 북돋워준다. 그럼에도 앞선 내용은 바벨론 탈무드 기틴 7b와는 내용이 사뭇 다르다. 탈무드에 등장하는 마르 주트라는 "쩨다카로 생활하는 가난한 자도 자선을 베풀 의무가 있다"고 주장했다(5장 참조).

베풀 것이 조금이라도 있다면 어떻게 나눠야 할까? 한 랍비에 따르면, 인간은 자신이 가진 물질로 하나님을 공경해야 할 의무가 있다. 근거가 되는 구절은 이렇다. "네 재물과 네 소산물의 처음 익은 열매로 여호와를 공경하라."(잠언 3:9)

"어떻게 자신의 물질로 하나님을 공경한단 말인가? 이삭과 거두지 않고

---

2) 레위기 라바 34:15.

　　　　　　　　　　　　하브루타 삶의 원칙 쩨다카

남겨둔 밀단 및 페아를 떼어둘 것이요, 첫 십일조와 둘째 십일조 및 할라(제사장에게 돌아갈 말반죽)도 그리할지니라. 쇼파르(뿔피리)와 수카(초막)와 룰라브(종려나무 가지)를 만들고 가난한 자에게는 먹을 것을, 목마른 자에게는 마실 것을 주며, 헐벗은 자에게는 입을 옷을 줄지니라. 물질이 있다면 이를 행할 의무가 있을 것이라. 그러나 아비와 어미를 공경하려 한다면 성경에 무엇이라 일렀느냐? 기록된바 '네 부모를 공경하라 그리하면 네 하나님 여호와가 네게 준 땅에서 네 생명이 길리라'(출애굽기 20:12) 함과 같으니라. 거리를 다니며 입구에서 구걸하는 한이 있더라도 그리할지라."[3]

앞서 인용한 단락은 계명을 준행할 물질이 있는 자라는 전제를 둔다. 그러므로 '물질이 없는 자는 쩨다카 의무에서 면제된다는 기록과도 일치하는 셈이다. 그러나 부모를 공경해야 하는 의무는 예외로 규정했다. 본문은 부모가 가난하다면 면제를 빌미로 변명할 수 없다는 점을 분명히 하고 있다. 가진 것이 없다면 이웃집을 다니며 동냥을 해서라도 부모를 부양해야 한다는 이야기다.

여러 랍비 문헌을 살펴보면 쩨다카 배분을 두고는 부모가 최우선으로 꼽힌다. 예컨대, "또 주린 자에게 네 양식을 나눠 주며 유리하는 빈민을 집에 들이며 헐벗은 자를 보면 입히며 또 네 골육을 피해 스스로 숨지 아니하는 것이 아니겠느냐"(이사야 58:7)를 풀이한 주석을 보라.

---

3) 페식타 라바티 23/24:9, 울머(편).

"집에 쌓아둔 식량이 많은 자가 쩨다카를 베풀고 싶다면 무엇부터 하면 좋을까? 먼저 아비와 어미를 봉양할지니라. 그러고도 남은 것이 있으면 이웃을 돕고, 그러고도 남은 것이 있으면 거리에 있는 자를 도우라. 끝으로는 이스라엘에 쩨다카를 베풀지니라."4)

위 본문을 토대로 쩨다카 의무를 도표로 나타내면 동심원이 된다. 최우선인 부모가 중심을 차지하고 주변에는 이스라엘 백성이 자리를 잡을 것이다. 부모를 봉양해야 할 의무는 다른 문헌에도 기록돼있다. 참고할 구절은 앞서 언급한 "헐벗은 자를 보면 입히며"(이사야 58:7)다.

"거룩하신 하나님은 아담의 벗은 몸을 보시고는 조금도 지체하지 않으시고 즉시 옷을 입히셨느니라. 기록된바, '여호와 하나님이 아담과 그의 아내를 위해 가죽옷을 지어 입히시니라'(창세기 3:21) 함과 같으니라. 그러므로 누더기를 걸친 부모를 본 자가 자신을 5미나 짜리 옷을 입었거든 부모는 10미나 짜리 옷으로 입히고, 그가 10미나 짜리 옷을 입었다면 부모는 15미나 짜리 옷을 입힐지니라. 볼품이 없는 자식이 부모에게는 칭송이 되느니라."5)

부모를 봉양해야 할 의무가 첫 번째이기에 옷도 부모에게는 더 비싼 것을 사드려야 한다.

---

4) 세데르 엘리야후 라바 27, 135쪽. 프리드먼 버전.
5) 같은 책 136쪽.

하브루타 삶의 원칙 쩨다카

여기서 가족은 수직이 아니라 수평으로 확대된다. 예사롭지 않은 사실이다. 랍비 문헌을 보면 부모에게 쩨다카를 베풀어야 할 의무는 명시돼 있으나, 자녀를 부양해야 할 의무는 면제된다는 점을 암시하는 기록도 눈에 띈다. 이는 2장에서 지적한 바와 같이, 특정 연령이 지난 자녀는 부양할 의무가 없다는 대목과 일치한다. 그러나 부자는 예외로 자녀에게 쩨다카를 베풀어야 할 의무가 있다. 자녀가 쩨다카를 받는 수모를 당해도 랍비 문헌은 우선순위를 지켜야 한다고 주장한다.

랍비들은 하나님이 스스로 이 구절("사람의 영혼은 여호와의 등불이라 사람의 깊은 속을 살피느니라"(잠언 20:27))을 풀이했다고 역설했다.

"거룩하시고 복되신 하나님이 말씀하시되 '내 등불이 네 손에 있게 하고 네 등불이 내 손에 있게 하라(즉, 내 토라를 지키면 나는 네 영혼을 안전하게 지킬 것이라)' 기록된바, '대저 명령은 등불이요 법은 빛이요 훈계의 책망은 곧 생명의 길이라'(잠언 6:23) 함과 같으니 '명령은 등불이라' 함이 무슨 뜻이뇨? 계명을 지키는 자는 누구나 거룩하시고 복되신 하나님 앞에서 등에 불을 붙인 자와 같고, 그가 거룩하신 하나님 앞에서 등에 불을 붙인다면 그는 등불에 빗댄 자신의 영혼을 되살린 것과 같으니라. 기록된바, '사람의 영혼은 여호와의 등불이라'(잠언 20:27) 함과 같으니라. 애써 계명을 지키려 할라치면 내면의 악한 기질은 '어찌 계명을 지켜 재산을 갉아먹느냐? 이웃에게 베풀지 말고 네 자식에게 주라' 할 것이요. 선한 기질은 '계명대로 베풀

라. "명령은 곧 등불이라" 기록된 말씀을 보라. 밀랍 및 목랍 초 백만 개에 불을 붙일지라도 등불은 약해지지 않으리니 계명을 지키기 위해 베푸는 자도 소유는 줄지 않을 것이라. 성경이 "대저 명령은 등불이요 법은 빛이요"(잠언 6:23)라 한 까닭이라.'"[6]

악한 본성이 "재산을 자녀에게 주라"고 말한 대목에 눈길이 간다. 반면 선한 본성은 이를 이웃에게 나눠주라고 주문했다. 가족이 아닌 사람에게 재산을 나눠준다고 해도 궁극적으로 총액은 줄어들지 않는다는 것이 정당성의 근거가 되는 신념이었다. 더러는 하나님께 의뢰해 차액을 보전하고 자녀를 보살펴 달라는 사람도 있다. 자녀가 성인이 된 후에도 하나님이 저들을 돌봐 주리라 믿는 것은 문헌에도 잘 나타나 있다.

"랍비 메이르는 훌륭한 필사자나라. 안식일마다 3셀라를 가지고 1셀라는 음식을, 1셀라는 옷을 사고 나머지는 랍비를 후원하는 데 쓴지라. 제자들이 묻되 "자녀를 위해서는 무엇을 하나이까?" 그가 대답하되 "자녀가 의롭다면 "내가 어려서부터 늙기까지 의인이 버림을 당하거나 그의 자손이 걸식함을 보지 못했도다"(시편 37:25)라는 다윗의 말씀처럼 될 것이요, 자녀가 의롭지 않다면 무소부재하신 하나님의 원수에게 내 것을 쓸 이유가 없으리라. 그리해 솔로몬은 "그 사람이 지혜자일지, 우매자일지야 누가 알랴?"라 했느니라.'"[7]

---

6) 출애굽기 라바 36:3.
7) 전도서 라바 2:1, 17.

하브루타 삶의 원칙 쩨다카

랍비 메이르는 자녀가 의롭다면 하나님이 그들을 보살피실 테니 군이 쩨다카를 베풀 필요가 없다고 믿었다. 자녀가 의롭지 않다면 하나님은 그들을 돌보지 않으실 테니, 랍비 메이르 또한 의롭지 않은 자녀는 보살필 필요가 없다는 입장이다.

우선순위와 관련해 쩨다카를 배분할 때는 수혜자의 경제적인 형편만 고려하는 것은 아니다. 사회·정서적 형편도 감안해야 하는데, 이로써 쩨다카 분배의 순위가 달라질 수 있기 때문이다.

"랍비들의 가르침이라. "고아 중 사내아이와 계집아이가 도움을 청하거든 계집아이를 먼저 도와주고 사내아이는 나중에 할지니라. 입구에서 하는 (동냥은) 사내가 할 바요 계집이 할 바는 아니기 때문이라. 고아 중 사내아이와 계집아이가 혼인을 원하거든 계집아이를 먼저 시집보내고 사내는 나중에 보낼지니라. 계집의 수치심이 사내보다 더 크기 때문이라.""[8]

쩨다카 수혜자의 자격은 경제적인 형편에 국한되지 않는다. 혼인하지 못했다는 사실에 부끄럽기도 하고 동시에 자존감도 추락할지 모른다. 결혼 적령기에 이른 여성이라면 심각한 수치심으로 이어질 수도 있다. 랍비들은 혼인할 수 없다는 여인의 곤란한 심정이 같은 고아인 사내보다 더 클 거라고 생각했다. 따라서 경제적인 재원을 비롯한 공동체의 자산은 여

---

8) 바벨론 탈무드. 커투보트 67a~67b.

성의 혼사에 우선 투입해야 할 것으로 보았다.

랍비들은 우선순위를 결정할 때 쩨다카의 목적과 형편도 감안했다. 쩨다카는 수혜자의 위신을 확실히 바꿀 수 있겠는가? 이 같은 문제는 다음 두 문장에도 암시적으로 제기된바 있다. "랍비 압바가 랍비 쉬몬 벤 라키쉬(의 이름으로) 이르되 "(돈을) 빌려준 자는 쩨다카를 베푼 자보다 크고, 협력 관계를 맺은 자는 모든 이보다 더 크니라""[9] 다음 문장도 관점은 비슷하다. "자선을 베푼 자에게는 복이 있을 것이나, 그보다 더 큰 자는 빌려준 자요, 가장 큰 자는 수익의 절반을 나눈 자니라."[10]

두 본문에 따르면, 융자는 조건을 따지지 않는 쩨다카보다 공로가 더 크다고 한다. 왜 그럴까? 추측하건대, 융자는 채무자에게 법적으로나 심리적으로도 의무감을 갖게 하기 때문인 듯싶다. 심리적 의무감은 상환을 위해 자립할 방편을 모색하는 데 영향을 줄 만큼 위력이 막강하다는 것이다. 아울러 증여가 아니라 융자를 받았다고 생각하면 품위가 떨어질 리도 없다(7장 참조).

어쨌든 남을 돕는 가장 탁월한 방법은 자립을 돕는 것이다. 이는 수익을 나누는 협력 관계 개념에 녹아 있다. 이때 자금은 둘이 수익을 창출해 서로 나누는 데 활용된다. '수혜자'가 남을 의존하지 않을 만큼 수익이 넉

---

9) 바벨론 탈무드, 샤바트 63a.
10) 아보트 드 랍비 나탄, 41, 버전 a, 131쪽, 세크터 버전.

하브루타 삶의 원칙 쩨다카

넉해지면 자긍심도 크게 회복될 것이다. 훗날 마이모니데스는 두 문헌을 토대로 가로대가 8개인 '쩨다카 사다리'를 구성했다.

마이모니데스는 '자선의 수준'을 아래와 같이 8개로 구분했다(미쉬네 토라, 힐호트 마테노트 아니임, 10:7~14).

1. 가난한 자에게 무이자로 융자해주거나, 그와 협력 관계를 맺거나, 직업을 알선해 주는 것. 단, 융자금이나 보조금, 혹은 협력 관계나 직업이 경제적인 자립으로 이어진다는 조건이 따른다.
2. 믿음직하고 지혜로운 데다 쩨다카를 완벽히 실천할 수 있는 제삼자를 통해(혹은 공공기금) 신분이 알려지지 않은 수혜자에게 익명으로 쩨다카를 베푼다.
3. 신분이 알려진 수혜자에게 익명으로 쩨다카를 베푼다.
4. 신분이 알려지지 않은 수혜자에게 공개적으로 쩨다카를 베푼다.
5. 부탁을 받기 전에 쩨다카를 베푼다.
6. 부탁을 받은 후 넉넉히 베푼다.
7. 부족하지만 흔쾌히 베푼다.
8. 마지못해 베푼다(압력에 못 이겨서 혹은 억지로).

10장 마지막 본문은 쩨다카를 직접 살펴보지는 않았지만, 융자의 서열을 다루니 이를 비교해봐도 좋을 것 같다. 주석가는 "네가 만일 너와 함께한 내 백성 중에서 가난한 자에게 돈을 꿔주면 너는 그에게 채권자같이 하지 말며 이자를 받지 말 것이며"(출애굽기 22:25)를 풀이하면서 '내 백성 중에서'에 주안점을 뒀다.

"이스라엘인과 이방인이 네 앞에서 돈을 빌려 달라 하면 '내 백성이 먼저 받을 것이요. 가난한 자와 부자가 있다면 가난한 자가 먼저 받을 것이라. 너의 가난한 자(친인척)와 도성의 가난한 자가 있다면 너의 가난한 자가 먼저 받을 것이요. 너희 도성의 가난한 자와 다른 도성의 가난한 자가 있다면 네 도성의 가난한 자가 먼저 받으리라. 기록된바, "네 곁에 있는 가난한 자에게도니라" 함과 같으니라."[11]

도움의 손길은 가장 가깝고 친근한 사람에게 내밀어야 한다는 것이 인용한 단락의 주제다.

---

11) 머킬타 드랍비 이슈마엘Mekilta De-Rabbi Ishmael, 로터백 버전(Philadelphia: The Jewish Publication Society of America, 1976), 3권, 148쪽. 유사한 구절은 바벨론 탈무드, 바바 머찌아 71a.

하브루타와 쩨다카

11장

서
원
과
쩨
다
카

쩨 다 카

본격적인 논의에 앞서 '서약Oath'과 '서원Vow'이라는 법적 개념의 차이부터 구분하는 것이 순서일 듯싶다. 탈무드에 기록된 율법을 보면 서약은 법정에서 입증하는 방법으로 민사사건에 활용됐다. 민사소송 중 증거가 부족할 경우, 당사자 중 하나는 기존 증언을 확증하거나 그에 반론을 제기할 때 '서약'할 수 있다. 대개 사법과 무관한 서약은 '서원'으로 간주한다.[1]

서원이란 종교가 인정한 약속을 두고 하는 말이다. 탈무드 율법에 따르면, 서원에는 두 가지 원칙이 있다고 한다. "(1)서원하는 자가 제물을 가져와 자발적으로 하는 서원(별도의 규정이 없다면 의무는 아니다)이나, 자선 혹은

---

1) 『유대교 백과사전』 '서약' 12권. 1295~1302. 『유대교 백과사전』 '서약Oaths' 9권. 365~67. 모쉐 울머, 『쩨다카에 대한 랍비식 개념The Rabbinic Concept of Tsedakah(Rabbinical Thesis: Hebrew Union College, Cincinnati, 1988)』 107~108.

교육 목적으로 일정액을 헌납하겠다는 서원이 있는가 하면 (2)금욕에 대한 약속으로 이뤄진 서원도 있느니라."[2]

11장에서는 쩨다카를 약속하겠다는 첫 번째 유형의 서원에 주안점을 둘까 한다. 이런 유형의 서원은 '헌신(Dedication, 니드레이 헤크데쉬Nidrei hekdesh)' 카테고리에 해당한다. 헌신 카테고리에서 제기하는 법적 문제는 서원 후 기부할 금전이나 품목을 분실했을 때 서원한 자가 져야 할 책임을 어떻게 가릴 것인가 하는 것이다.

"기증을 약속한 대상을 가리키면서 '이를 거룩한 자선의 일환으로 헌납하리라' 서원하고 나면 대상을 분실하더라도 다른 것을 대신 헌납할 수 없느니라. 반면 '이런저런 물질이나 얼마를 그 목적으로 헌납하겠노라' 말하고 나서 그것을 분실했다면 다른 것이라도 대신 헌납해야 할지니라. 첫째 서원은 '네다바Nedaba(=선물)'요, 둘째는 '네데르Neder(약속)'니라."[3]

탈무드 미쉬나 중 책 한 권이 이 주제만을 논하고 있다는 것은 랍비가 서원을 중시했다는 방증이다. 11개 장으로 구성된 미쉬나 '너다림Nedarim'이 서원을 다루고 있다.[4] '너다림'에는 나실인의 서원은 제외돼 다른 책에 별도로 기록했고 '서약Oath' 또한 '너다림'이 아닌 '쉐브오트'에서 논의하고 있다.

---

2) 『유대교 백과사전』 '서약' 12권, 451~52.
3) 같은 책.
4) 『유대교 백과사전』 '서원과 서원하기' 16권, 227.

'쉐브오트'에는 쩨다카에 대한 서원을 금한다는 본문도 있다. 쩨다카는 이미 의무이기 때문이다. "그가 이르기를 '맹세하건대, 무언가를 헌납하겠노라거나 헌납하지 않겠노라' 할 때 '내가 주겠노라'가 무슨 뜻인고? 우리가 '가난한 자에게 쩨다카를 베풀겠노라' 말해야 하랴? 이미 시내산에서 명령을 받지 않았더냐 일렀으되 '너는 반드시 그에게 줄 것이요'(신명기 15:10) 함과 같으니라. 이는 부유한 자에게도 준다는 뜻이니라"[5] 랍비 문헌에서 말하는 계명(미쯔보트Mitzvot)은 모두 시내산에서 받은 것이다. 모든 유대인은 세대를 막론하고 계시를 받은 현장에 몸이나 영혼이 있었기 때문에 계명을 준행할 의무가 있다. 이를테면, 가난한 자에게 쩨다카를 베풀라는 계명이 있는데(신명기 15:7~11), 이를 지키겠노라 '서원'하는 것은 금물이다. 계명은 누구나 지켜야 할 의무이므로 그 같은 서원은 무효가 된다는 것이다. 그러나 앞서 인용한 단락을 보면 랍비들은 부자에게 무언가를 베풀 때 적용되는 것을 '서원'이라고 추론했다. 부자는 신이 도우라고 명령한 대상이 아니기 때문이다.

서원과 쩨다카의 개념은 4장에서 이미 간략하게나마 언급했다. 구성원이 쩨다카에 대한 서원을 준행하지 않았을 때 공동체가 감내해야 할 처벌 중 하나는 비가 멈추는 것이었다. 비슷한 예로 다윗 왕국에 기근이 있었던 이유를 고찰한 문헌을 보면 "공개적으로 쩨다카를 서원했으나 이를 실천하지 않은 자가 있으니 기록된바, '선물한다고 거짓 자랑하는 자는 비

---

5) 바벨론 탈무드, 쉐부오트 25a.

없는 구름과 바람 같으니라'(잠언 25:14) 함과 같으리라."[6] 바람과 허풍선이는 서원한 '선물'을 베풀지 않는 대상을 두고 하는 말이다.

몇몇 사례에서 공동체는 구성원이 쩨다카의 계명을 준행하지 않는 상황을 좌시하지 않았다. 공동체는 개인이 서원을 지키느냐에 따라 미래가 좌우되기 때문에 바람직하지 않은 선례가 자리 잡는 것을 용납할 수 없었다. 사람들이 서원을 지키지 않고, 공동체가 서원을 실천하지 않는 자의 재산을 그대로 둔다면 쩨다카 제도는 위태로워질 것이다.

"집주인의 재산이 심판으로 정부의 손에 넘어가는 이유는 네 가지니라. 첫째는 이미 지급된 어음을 수중에 보유한 자요(재차 돈을 징수할 목적으로), 고리대금업자에게 돈을 빌려준 자요, (불의에 대해) 보호할 힘이 있으나 그러지 않은 자요, 끝으로는 쩨다카를 공개적으로 약속하고는 이를 실천하지 않은 자 때문이라."[7]

랍비들은 대개 서원을 만류했다. 자칫하면 심각한 결과를 초래할 수 있었기 때문이다. 성경 및 랍비 시대에는 말의 힘을 확고히 믿었다. 그래서 사람은 누구나 신중히 생각하고 말해야 했는데 이는 전도서 5장 1~6절에도 잘 나타나 있다. "네 입으로 네 육체가 범죄하게 하지 말라. 천사 앞에서 내가 서원한 것이 실수라고 말하지 말라. 어찌 하나님께서 네 목소리

---

6) 바벨론 탈무드, 여바모트 78b.
7) 바벨론 탈무드, 수코트 29a~b.

하브루타 삶의 원칙 쩨다카

로 말미암아 진노하사 네 손으로 한 것을 멸하시게 하랴" (전도서 5:6)이 구절에 대한 랍비의 해석은 아래와 같다.

"랍비 여호슈아 벤 레비는 이 구절을 가리켜 쩨다카를 약속하고도 실천하지 않는 사람을 두고 한 말씀이라 풀이한지라. '천사 앞에서 말하지 말라'는 공직자(자선 모금인)요, '실수라고'는 '낼 수 없어 미안하오'라는 변명이요, '어찌 하나님께서 네 목소리로 말미암아 진노하사'는 쩨다카를 베풀겠노라 말한 목소리요, '네 손으로 한 것을 멸하시게 하랴'는 거룩하시고 복되신 하나님께서 사람의 손에 든 경건한 행동에 대해 저주를 내리사 이를 잃게 하신 것을 가리키느니라."[8]

지급을 미루는 것 또한 서원을 지키지 않는 것만큼이나 쩨다카 제도에 손상을 줄 수 있다. 쩨다카를 서원했다면 시기에 맞게 실천해야 한다. 이러한 탈무드의 주장을 입증하는 성경구절은 신명기 23장 22절(한글 성경은 21절)이다. 기록에 따르면, "네 하나님 여호와께 서원하거든 갚기를 더디 하지 말라. 네 하나님 여호와께서 반드시 그것을 네게 요구하시리니 더디면 그것이 네게 죄가 될 것"(신명기 23:21)이라 했다.

쩨다카를 서원했다면 즉시 지급해야 한다. 기부자가 서원할 때 날짜를 구체적으로 밝히지 않았더라도 말이다. 지급을 무기한 연기한다면 서원이

---

8) 전도서 라바 5:1, 미드라쉬 시편 52:1도 참조하라.

무색해지니 그래서는 안 된다. 랍비들은 (애당초 그런 날이 있지는 않았지만) 궁여지책으로 서원을 지켜야 하는 날짜를 정해뒀다. 탈무드를 보면 유대교의 3대 절기이자, 서원을 실천할 날짜가 효력을 발휘할 수 있다는 유월절과 칠칠절(오순절) 및 초막절에 집중했다.

다음은 쩨다카에 대한 서원을 비롯해 실시할 날이 쟁점이 된 의무를 두고 벌인 토론이다.

"랍비들의 가르침이라. '돈을 지급하고 값을 정하는 의무와 헌신이나 봉헌에 대한 의무와, 속죄제와 십일조, 초태생과 소의 십일조와 유월절 첫날 밤에 바치는 새끼 양과 이삭과 잊은 곡식단과 가난한 자에게 곡식을 남겨둘 의무가 있는 자들에 대해 말하노니, 세 절기가 지나면 그들은 더디게 하지 말라는 계명을 범한 것이라'(신명기 23:21) 랍비 쉬몬이 이르되 '세 절기는 첫째인 유월절을 위시해 순서를 지킬지니라' 랍비 메이르가 이르기를 '한 절기가 지나면 곧 그는 더디 하지 말라는 계명을 어긴 것이라' 하니 랍비 엘리에제르 벤 야코브는 '두 절기가 지나면 그는 더디 하지 말라는 계명을 어긴 것이라' 하니라. 랍비 알르아자르 벤 랍비 쉬몬이 이르되 '칠칠절이 지나면 그는 더디 하지 말라는 계명을 어긴 것이라' 하는지라."[9]

앞서 본 바와 같이, 랍비들은 하나둘 혹은 세 절기가 지나야만 의무의 효력이 발생하는지에 대해 갑론을박했다. 아울러 탈무드는 논쟁을 계속하

---

9) 바벨론 탈무드, 로쉬 하샤나 4a~b.

하브루타 삶의 원칙 쩨다카

며 "네 입으로 말한 것은 그대로 실행하도록 유의하라(준행하고 하라) 무릇 자원한 예물은 네 하나님 여호와께 네가 서원해 입으로 언약한 대로 (자유롭게) 행할지니라"(신명기 23:23)를 해석했다.

인용한 구절의 각 어구는 랍비들이 두 가지 의무로 쪼개놓았다. 이를테면, "우리 랍비들의 가르침이라. '네 입으로 말한 것'(신명기 23:23)은 긍정적인 계명을 가리키고, '준행하라'는 부정적인 계명을 일컫느니라 '(그리고) 하라'는 공회가 행동을 강제하겠다는 경고니라. '네가 서원한 대로'는 서원을 뜻하며, '네 하나님 여호와께'는 속죄제물을 일컫는 것이라. '자유롭게'는 자유의지로 드리는 것을 가리키며, '네가 언약한 대로'는 성전 보수를 위해 성별된 기물을 가리키느니라. 끝으로 '네 입으로'는 쩨다카니라."[10]

인용된 구절의 결론에서 랍비들이 '네 입으로'를 쩨다카 계명에 적용하자 토론은 '쩨다카가 다른 계명과는 구별되며 절기의 경과와 관계없는 독자적인 계명'이라는 주장으로 이어진다.

"'네 입으로'(신명기 23:23)는 쩨다카니라. 이때 라바가 이르기를 '쩨다카의 경우 책임은 즉각 발생하느니라. 왜 그러하뇨? 가난한 자가 기다리고 있기 때문이라. 정말 그러한가? 제물을 다룬 구절에서 쩨다카가 언급된 바와 같이, 제물이라면 세 절기가 시작하기 전에는 (바칠 필요가 없다고) 생각할

10) 같은 책 6a.

지 모르나, 우리는 그렇지 않다고 배웠느니라. 절기에 따라 달라지는 제물은 궁휼하신 하나님께서 친히 베푸실 것이나 쩨다카는 그렇지 않으니 가난한 자가 기다리고 있기 때문이라."[11]

마지막 단락에 기록된 이유를 보면 쩨다카와 다른 계명의 차이를 구분한다. 쩨다카에 대한 서원을 즉각 이행하지 않으면 쩨다카에 의존하는 가난한 자들은 중도에 세상을 떠날지도 모른다.(6장 참조)

서원을 둘러싼 또 다른 법적 문제는 어떤 대상을 쩨다카의 일환으로 헌납하겠다고 서원한 후 이를 교환하거나 쓸 수 있는지 여부다. 서원한 것이 아직 수중에 있다면 소유권을 주장할 수 있을까? 서원함에 따라 소유권이 상실되는 것은 아닐까? 예컨대, 동전 한 푼이나 몇 푼이 되는 돈을 쩨다카에 기부하기로 맹세하거나 서원한 후라면 환전이 허용될까? "랍비 나흐만은 랍비 아부하의 이름으로 이르되 "이 셀라는 쩨다카를 위해 헌납할 것이라"하면 그는 셀라를 교환할 수 있느니라.'"[12] 즉, 셀라를 기부해야 할 의무에서 면제되는 것은 아니지만, 서원할 당시 수중에 있던 것과 동일한 셀라를 헌납할 필요는 없다는 이야기다. 동전은 교환이 가능한 데다 가치가 같으므로 서원 당시 손에 쥐고 있던 셀라를 가질 수도 있고 다른 것으로 바꿀 수도 있다.

---

11) 같은 책.

12) 바벨론 탈무드, 아라힌 6a.

하브루타 삶의 원칙 쩨다카

아울러 쩨다카에 기부하겠다는 서원과 제단을 위해 성별된 것의 차이도 구분했다. 쩨다카를 위해 서원한 것은 주인이 잠시나마 쓸 수 있지만, 성물이라면 성별하거나 따로 떼어둔 후로는 이를 쓸 수 없다.[13] 이러한 관행은 "가난한 자가 기다린다"는 이유로 서원한 즉시 의무가 발생한다는 기록과는 사뭇 대립된다.

그렇다면 쩨다카에 헌납하기로 약속하고 나서 자선 모금인에게 기부한 자금은 교환할 수 있는지도 자못 궁금해진다. 이를 두고는 의견이 판이하게 양분되었다. "우리 랍비들의 가르침은 이러하니라. '이 셀라는 쩨다카에 헌납할 것이라' 했더라도 쩨다카 모금인의 손에 이르기 전에는 교환할 수 있으나, 모금인의 손에 들어가면 교환은 불가하니라. 하지만 랍비 얀나이는 이를 빌렸다가 갚았으니 꼭 그런 것은 아니니라. 랍비 얀나이의 처사는 가난한 자도 인정했으므로 다른 경우라. 그가 더딜수록 더 많은 돈을 모아 가난한 자들에게 줄 수 있었느니라."[14]

"더디 하지 말라"(신명기 23:21)는 구절을 글자대로 해석했더라면 모금인은 서약한 돈을 받은 즉시 가난한 자에게 나눠줬어야 했을 것이다. 그러나 랍비 얀나이는 쩨다카 모금인으로서 앞선 원칙에도 예외가 있다는 점을 시사했다. 그는 모은 헌금에서 얼마를 빌려 배분을 지연시킨 것으로 보인다. 하지만 빌린 자금을 상환하고 나면 원금에 이자가 붙어났을 것이다.

---

13) 같은 책.
14) 같은 책 6a~b.

물론 '융자기금Borrowing funds'이라는 쩨다카 모금인의 발상은 횡령을 부추길 수도 있었지만, 랍비들은 이를 문제 삼지 않았다. 쩨다카 제도가 자선 모금인의 정직에 토대를 뒀기 때문이다.

12장

동기

째 다 카

쩨다카를 베푸는 기부자의 동기는 랍비들의 주된 관심사가 아니었다. 그보다는 쩨다카가 전달되는 방식과 이로써 수혜자의 필요가 충족됐는지가 훨씬 더 중요했다. 랍비 문헌을 보더라도 기부자의 마음가짐을 암시하는 구절은 소수에 불과한 데다 일관성도 부족하다. 12장의 주제에 적용될 수 있는 본문을 찾아봤다.

"랍비 유다 벤 랍비 샬롬이 이르되 "설날부터 식량을 그에게 주기로 정하듯, 손해도 그를 위해 정할지니라. 그가 받을 자격이 있다면, "주린 자에게 네 양식을 나눠주고"(이사야 58:7)에 적용되고, 그럴 자격이 없다손 치더라도, "유리하는 빈민을 집에 들이라"(이사야 58:7) 함과 같을지니라. 이번에는 라반 요하난 벤 자카이의 누이의 아들에 관한 이야기를 들려주리라.

그는(라반 요하난 벤 자카이) 꿈속에서 조카들이 그해 칠백(700) 데나리온을 잃을 것을 본지라. 라반은 그들에게 쩨다카를 강권했고 결국에는 17데나리온만 남으리라. 대속죄일(욤 키푸르) 저녁이 되자 로마 황제가 급파한 사자가 그들에게서 남은 데나리온을 모두 빼앗으니, 라반 요하난 벤 자카이가 이르되 "두려워하지 말라. 너희 수중에 있는 17데나리온을 사자가 취했을 것이라" 조카가 묻되 "그 일을 어찌 알았삽나이까?" 그가 대답하되 "꿈에서 보았느니라" "그러면 왜 우리에게는 함구하셨나이까?" 라반이 이르되 "순수한 마음으로 계명을 실천하는 것을 보고 싶었기 때문이니라. 혹시라도 귀띔해주면 거액을 잃는다는 생각에 순수한 마음으로 쩨다카를 실천하진 못했을 것이다."[1]

위 단락에서 조카는 아무런 '꿍꿍이' 없이 자선을 베풀었다. 라반 요하난 벤 자카이는 로마 정부가 조카의 돈을 몰수하리라는 사실을 이미 눈치채고 있었다. 아마도 로쉬 하샤나(설날, 신년절)에 꾼 꿈을 통해 사실을 알았던 것으로 추정된다. 대속죄일을 열흘 앞뒀을 때 그는 조카에게 돈을 전부 자선함에 넣으라고 설득했다. 조카가 대속죄일 저녁에 돈을 전부 빼앗기리라는 사실을 사전에 알았더라면 그들은 달리 행동했을지도 모른다. 어쨌든 본문은 순수한 마음으로 쩨다카를 실천해야 한다는 데 주안점을 둔 글이다.[2]

---

1) 바빌론 탈무드 Bava Batra 10a.
2) 바이크라 랍바 34:12.

하브루타 삶의 원칙 쩨다카

좀 더 전형적인 사례로, 기부자가 유익을 의식해서 쩨다카를 베푼다는 글도 있다.

"랍비 히야가 아내에게 이르되, "가난한 자가 찾아오면 속히 그에게 먹을 것을 주라. 그래야 이웃도 우리 자녀에게 속히 필요한 것을 주리라" 하자 아내가 소리를 높이는지라. "당신은 아이들이 걸인이 될지도 모른다는 말로 저주하는 자라!" 그가 대답하되 '기록된바, "왜냐하면(비글랄) 이로 말미암아"(신명기 15:10)를 가리켜 랍비 이슈마엘 학파는 "세상에는 회전하는 바퀴가 있느니라"고 가르쳤고, 랍비 가말리엘 벤 랍비는 이르기를 "너를 긍휼히 여기시고 긍휼을 더하사 네 조상들에게 맹세하심 같이 너를 번성하게 하실 것이라"(신명기 13:17) 했느니라' 이웃에게 긍휼을 베풀면 긍휼이 천국에서 그에게 나타날 것이요, 이웃에게 긍휼을 베풀지 않는 자에게는 천국에서도 긍휼이 나타나지 않을지니라."[3]

위 본문에는 '대가를 바라는' 자의 심리가 보인다. 기부자는 자신의 의로운 행위로 자녀가 덕을 본다는 믿음으로 쩨다카를 실천했다. 가난은 주기가 있어 어떤 가정이든 급습할 테니 언젠가는 자녀도 쩨다카의 신세를 질 게 뻔하다는 논리다.(2장 참조) 여기서 기부자는 자녀가 가난으로 피폐해질 거라는 암울한 전망에 체념하면서도 한편으로는 쩨다카를 통해 자녀의 불행을 조금이나마 누그러뜨리려 하고 있다. 대가를 바라는 마음에

---

3) 바벨론 탈무드, 샤바트 151b.

자선을 베풀어도 된다는 점을 뒷받침하는 구절은 다음과 같다.

"랍비의 가르침은 이러하니라. "어떤 이가 '자녀가 연명하고 내세에 합당한 자가 되도록 1셀라를 자선함에 넣노라' 하면 그는 정말 의로운 자로다.""[4]

대개 동기는 무관한 경우가 많다. 쩨다카를 실천한다는 사실이 중요할 따름이다. 앞선 사례를 두고는 아브라함 크론바흐가 이렇게 말했다.

"'내 자녀가 연명하기 위해서'라거나 '내세를 누리고 싶어 자선을 베푼다'는 사람을 의인(짜디크)으로 대접한다는 탈무드(바바 바트라 10b)의 입장에 대해서는 의견이 분분하니라. 온전한 의인이라면 그렇게 말해도 지위를 잃지 않을 것이요, 아직 의인이 아닌 자라도 자선 행위만으로 의인의 반열에 오를지니라. 동기는 추앙받지 못할지라도 자선은 추앙받을지라. 가난한 자가 도움을 받았기 때문이라."[5]

그러나 동기가 랍비의 사상과 아주 무관한 것은 아니다. 크론바흐가 인용한 같은 구절을 보면, 이스라엘인과 우상 숭배자의 마음가짐이 구분된다. 우상 숭배자는 쩨다카를 베풀어도 악한 동기 때문에 의인 대접을 받

---

4) 바벨론 탈무드, 바바 바트라 10b. 유사한 구절은 바벨론 탈무드, 페사힘 8a〜b 바벨론 탈무드, 바바 바트라 9b.
5) 아브라함 크론바흐, 『히브리 유니온 대학 연감 12〜13호(1937〜1938), 635〜96, 671』에 수록된 「메일 쩨다카Me'il Zedakah—두 번째 조항」.

하브루타 삶의 원칙 쩨다카

지 못한다는, 다소 까다로운 구절에 대해 이스라엘인은 발언과 상관없이 순수한 공의(쩨다카) 때문에 자선을 베푸니 의인 대접을 받는다는 풀이가 가장 그럴듯하다. 반면 아래 인용한 본문은 로마가 이스라엘을 통치할 당시 핍박을 받던 소수민족의 관점을 잘 반영하고 있다.

"라반 요하난 벤 자카이가 제자들에게 이르되 "공의(쩨다카)는 나라를 영화롭게 하나 나라의 은혜는 죄니라"(잠언 14:34)가 무슨 뜻이뇨?" 랍비 엘리에제르가 대답해 이르기를 "쩨다카가 나라를 영화롭게 한다는 말씀은 이스라엘을 두고 기록한바, "땅의 어느 한 나라가 주의 백성 이스라엘과 같으리이까?"(사무엘하 7:23) "(그러나) 나라의 은혜는 죄니라"(잠언 14:34) 함과 같으니, 이방나라와 우상 숭배자가 행한 쩨다카와 은혜는 죄로 간주될 것이라. 저들은 자신을 과시하기 위해 이를 행하기 때문이니, 일렀으되, "그들이 하늘의 하나님께 향기로운 제물을 드려 왕과 왕자들의 생명을 위해 기도하게 하라"(에스라 6:10) 함과 같으니라. 그러나 "'자녀가 연명하고, 내세에 합당한 자가 되도록 1셀라를 자선함에 넣노라' 하는 자는 정말 의로운 자'라는 가르침이 있으니, 이는 온전한 쩨다카로 볼 수 없느니라. 하나는 이스라엘이요, 다른 하나는 우상 숭배자의 경우이기에 모순은 아니니라. 이들은 영토의 확장을 위해 그리하지만 다른 이들은 자신을 과시하기 위함이니, 누구든 자신을 과시하는 자는 게힌놈에 던져질 것이라. 그들은 우리를 책망할 요량으로 그리하기 때문이라."6)

---

6) 바벨론 탈무드, 바바 바트라 10b, 바벨론 탈무드, 로쉬 하사나 4a도 참조하라.

그러므로 앞선 단락에서 '우상숭배자'가 자선을 베푸는 동기는 쩨다카를 해치지만 '이스라엘인'의 동기는 쩨다카의 가치를 훼손하지 않는다. 그러나 같은 본문에는 자선을 베푸는 이방나라에도 유익이 있다는, 다소 수위를 낮춘 문장도 있다. "가르침은 이러하니 '랍비 요하난 벤 자카이가 그들에게 이르기를 "속죄제가 이스라엘을 속죄하듯 쩨다카 또한 세상의 이방민족을 속죄하느니라."'"[7]

12장 서두에서 언급한 바와 같이, 해당 본문은 동기에 대한 지론이 뚜렷하지가 않다. 아울러 히브리어 '카바나^{Kavanah}(의도나 "마음의 향방"이라는 뜻—옮긴이)'도 없다. 랍비들은 기부자의 '의도'에 주안점을 두지 않았다. 그나마 기부자의 '동기'를 언급한 구절이 있긴 하지만 마음가짐의 중요성을 두고는 일치된 결론이 없다.

---

7) 바벨론 탈무드, 바바 바트라 10b.

하브루타와 쩨다카

13장

미쯔보트(계명)에
얽힌 쩨다카

쩨 다 카

쩨다카 계명과 다른 계명을 서로 비교할 때 쩨다카는 매우 중요한 계명 중 하나로 손꼽힌다. 잠언 10장 2절에서 말하는 바와 같이, 하나는 쩨다카는 인간을 죽음에서 건질 수 있는 권능이 있기 때문이다. 쩨다카는 이처럼 특별한 능력 덕분에 계명에서 특별한 위치를 차지하고 있다. 랍비들은 쩨다카에 대해 이렇게 기록했다. "죽음을 치료할 수 있는 약은 쩨다카 외에는 없느니라. 현인들이 이르되 '이스라엘의 한 영혼을 보존하는 자는 전 세계를 보존하는 것과 같을지니라'" 3장에서 살펴본 바와 같이 쩨다카와 같은 권능을 가진 계명은 거의 없다.[1]

랍비들은 어떤 계명을 행하면 다른 계명 전부를 실천하는 것과 같다는

---

1) 세데르 엘리야후 라바티 11, 52~53쪽, 프리드먼 버전.

과장으로 해당 계명의 중요성을 종종 강조해왔다. 613가지 계명을 전부 행할 수 있는 사람이 없기에 랍비들은 어떤 계명을 준행하면 하나님이 보시기에 모든 계명을 다 실천한 사람처럼 영광을 얻는다는 대안을 고안한 것이다. 쩨다카도 그렇게 특별한, 몇 안 되는 계명 중 하나다. 이러한 시각은 "네가 만일 너와 함께한 내 백성 중에서 가난한 자에게 돈을 꿔주면 너는 그에게 채권자같이 하지 말며 이자를 받지 말 것이며"(출애굽기 22:25)을 풀이한 랍비의 주석에도 잘 나타나 있다.

"기록된바, '이자를 받으려고 돈을 꿔주지 아니하는 자'(시편 15:5)라 했으니, 보라! 재물이 있어 가난한 자에게 자선을 베풀고 이자 없이도 돈을 꾸어주려는 자는 누구든 모든 계명을 준행한 것과 같으리라. 일렀으되 '이자를 받으려고 돈을 꿔주지 아니하며 뇌물을 받고 무죄한 자를 해하지 아니하는 자이니 이런 일을 행하는 자는 영원히 흔들리지 아니하리라'(시편 15:5) 함과 같으니라."[2]

물론 쩨다카가 항상 최고의 가치를 인정받은 것은 아니었다. 랍비가 쩨다카의 가치를 풀이한 주석은 이사야 58장의 구절에 근거를 뒀다.

또 주린 자에게 네 양식을 나눠주며 유리하는 빈민을 집에 들이며 헐벗은 자를 보면 입히며 또 네 골육을 피해 스스로 숨지 아니하는 것이 아니

---

2) 출애굽기 라바 31:4.

하브루타 삶의 원칙 쩨다카

겠느냐? 그리하면 네 빛이 새벽같이 비칠 것이며 네 치유가 급속할 것이며 네 공의가 네 앞에 행하고 여호와의 영광이 네 뒤에 호위하리니 네가 부를 때에는 나 여호와가 응답하겠고 네가 부르짖을 때에는 내가 여기 있다 하리라 만일 네가 너희 중에서 멍에와 손가락질과 허망한 말을 제해 버리고 주린 자에게 네 심정이 동하며 괴로워하는 자의 심정을 만족하게 하면 네 빛이 흑암 중에서 떠올라 네 어둠이 낮과 같이 될 것이며 여호와가 너를 항상 인도해 메마른 곳에서도 네 영혼을 만족하게 하며 네 뼈를 견고하게 하리니 너는 물 댄 동산 같겠고 물이 끊어지지 아니하는 샘 같을 것이라. 네게서 날 자들이 오래 황폐된 곳들을 다시 세울 것이며 너는 역대의 파괴된 기초를 쌓으리니 너를 일컬어 무너진 데를 보수하는 자라 할 것이며 길을 수축해 거할 곳이 되게 하는 자라 하리라(이사야 58:7~12)

아래 인용된 본문은 가난한 자에게 쩨다카를 베푸는 것보다 더 위안이 되는 행위가 있다고 한다.

"랍비 이쯔학이 이르되 '1페루타를 가난한 자에게 주는 자도 몇 가지 복을 얻으려니와, 말로 그를 위로하는 자는 11가지 복을 얻으리라. 1페루타를 가난한 자에게 준 자는 6가지 복을 받으리라. 기록된바, "또 주린 자에게 네 양식을 나눠주며 유리하는 빈민을 집에 들이며 헐벗은 자를 보면 입히며 또 네 골육을 피해 스스로 숨지 아니하는 것이 아니겠느냐?"(이사야 58:7)함과 같으니라.³⁾ 반면 말로 그를 위로하는 자는 11가지 복을 받을 지니라.⁴⁾ 성경에 기록된 바와 같이 "주린 자에게 네 심정이 동하며 괴로워하는 자의 심정을 만족하게 하면 네 빛이 흑암 중에서 떠올라 네 어둠이 낮과 같이 될 것이며, 여호와가 너를 항상 인도해 메마른 곳에서도 네 영혼을 만족하게 하며 네 뼈를 견고하게 하리니 너는 물 댄 동산 같겠고 물이 끊어지지 아니하는 샘 같을 것이라. 네게서 날 자들이 오래 황폐된 곳들을 다시 세울 것이며 너는 역대의 파괴된 기초를 쌓으리니 너를 일컬어 무너진 데를 보수하는 자라 할 것이며 길을 수축해 거할 곳이 되게 하는 자라 하리라"(이사야 58:10~12) 함과 같으니라."⁵⁾

랍비들은 강론에 목적을 두고 성경을 문자대로 해석했다. 본문을 보면 쩨다카는 이사야 58장 7절에 기록된 대로 가난한 자에게 식량과 옷을 주고 그들을 집에 들이는 것이라고 한다. 이 계명의 보상은 다음 절인 58장 8~9절에 명시돼있다. 한편 이사야 58장 10절에 기록된 또 다른 계명은 동정심을 품고 괴로워하는 자의 심정을 만족케 하라는 것인데, 이는 58장 10절 전반절에 기록돼있고, 후반절부터는 11가지 복을 58장 12절 끝까지 열거했다. 11가지 복은 58장 10절 전반에 기록된 선행에 대한 보상이다. 랍비들은 해당 구절을 가리켜 굶주린 자에게 동정을 베풀고 심리적 위안을 주문한 것으로 풀이했다. 단지 가난한 자에게 물질을 주는 것보다 동

---

3) 여섯 가지 축복은 이사야 58:8~9에 기록돼있다.
4) 열한 가지 축복은 이사야 5810~12에 기록돼있다.
5) 바벨론 탈무드, 바바 바트라 9b.

하브루타 삶의 원칙 쩨다카

정과 위안이 더 어렵기도 하고 좀 더 가치 있는 계명이라는 것이다. 쩨다카에 대한 복은 6가지인 데 반해 심리적인 위안은 11가지 복을 받는다는 이사야 58:7~12의 해석을 통해 랍비들은 위안과 동정론을 정당화했다.

앞선 본문에서 해석한 바와 같이, 이사야 58:10에 기록된 행위는 '그밀롯 하사딤(인애)' 카테고리에 속한다. 대개 랍비들은 그밀롯 하사딤이 쩨다카보다 더 중요한 계명이라고 주장해왔다. 근거는 이렇다. "쩨다카와 그밀롯 하사딤은 토라의 모든 계명과 같으나, 쩨다카는 산 자에게 적용되는 반면 그밀롯 하사딤은 죽은 자에게도 적용되고, 쩨다카는 가난한 자에게 적용되나 그밀롯 하사딤은 가난한 자와 부자 모두에게 적용되느니라. 또한 쩨다카는 금전으로 하지만 그밀롯 하사딤은 금전과 몸으로 하느니라"[6] 쩨다카는 살아있는 사람에게만 베풀 수 있다. 이미 세상을 떠난 자에게는 무용지물이라는 것이다. 그러나 그밀롯 하사딤은 죽은 자를 위해서도 실천할 수 있다. 예컨대, 타하라(시신을 씻는 의식)는 그밀롯 하사딤이다. 쩨다카는 부족한(가난한) 자에게 베풀 따름이다. 부유한 자는 부족한 것이 없으니 쩨다카는 의미가 없을 것이다. 하지만 그밀롯 하사딤은 부자에게라도 실천할 수 있다. 이를테면 병문안은 상대가 가난하든 부유하든 관계가 없다. 쩨다카는 재물(돈)을 이웃에게 주라고 하나, 이웃이 무거운 짐을 지고 있을 때 이를 나누는 것은 몸으로 실천하는 그밀롯 하사딤이다.

그밀롯 하사딤이 쩨다카보다 우월하다는 시각은 다음 구절에도 보인다.

---

6) 토세프타, 페아 4, 60쪽, 리버먼 버전.

"랍비 엘르아자르가 이르되 '쩨다카를 준행하는 사람은 제사를 드리는 자보다 위대하니라. 기록된바, "공의와 정의를 행하는 것은 제사 드리는 것보다 여호와께서 기쁘게 여기시느니라"(잠언 21:3) 함과 같으니라' 그가 또 이르되, '(그러나) 그밀롯 하사딤은 쩨다카보다 더 위대하니라. 일렀으되 "너희가 자기를 위해 공의를 심고 인애를 거두라"(호세아 10:12)[7] 함과 같으니라. 사람이 씨를 심어도 열매를 먹을지 장담할 수 없으나 거두면 열매는 확실히 먹게 될 것이라' 랍비들의 가르침은 이러하니라. 그밀롯 하사딤은 세 가지 면에서 쩨다카보다 우월하니라. 쩨다카는 돈으로 행하나 그밀롯 하사딤은 자신과 돈으로 하고, 쩨다카는 가난한 자에게만 베풀 수 있는 반면 그밀롯 하사딤은 빈부와 관계없이 베풀 수 있느니라. 또한, 쩨다카는 살아있는 자에게만 실천할 수 있으나 그밀롯 하사딤은 산 자와 죽은 자 모두에게 가능하기 때문이라.'"[8]

그밀롯 하사딤은 좀 더 보편적으로 적용할 수 있는 이유로 쩨다카보다 우월하다는 점이 꼽혔다. 자금을 처분하는 데 연연하지 않으니 비교적 융통성도 있는 계명이다. 쩨다카를 베풀 수 없을 만큼 핍절한 사람도(물론 바벨론 탈무드(기틴 7b)에는 수혜자도 쩨다카를 베풀어야 한다는 구절이 있지만) 그밀롯 하사딤을 실천할 수 있다. 그럼에도 랍비 엘르아자르는 앞서 인용한 구절에서 특별하고도 고귀한 쩨다카의 역할을 피력한다. "쩨다카와 정의를 행하는 자는 세상에 친절을 가득 채운 자로 인정할 것이라 기록된바, '그

---

7) 헤세드Hesed는 그밀롯 하사딤을 일컫는다.
8) 바벨론 탈무드, 수코트 49b.

하브루타 삶의 원칙 쩨다카

는 공의와 정의를 사랑하심이여 세상에는 여호와의 인자하심이 충만하도다(시편 33:5) 함과 같으니라."[9]

이전 본문에서는 쩨다카를 제사보다 더 위대한 계명이라고 역설했다. 쩨다카가 제사보다 우월하다는 의견은 다음 본문에서 좀 더 살펴볼 것이다.

"성경은 '공의와 정의를 행하는 것은 제사 드리는 것보다 여호와께서 기쁘게 여기시느니라'(잠언 21:3)라고 기록했느니라. "제사 드리는 것만큼"이 아니라 "제사 드리는 것보다 (더)"라 했는데 어찌 그러한가? 제사는 성전이 있을 때만 드릴 수 있는 반면 쩨다카는 성전이 서 있을 때뿐 아니라 없을 때도 준행할 수 있기 때문이라. 다른 해석도 있으니, '제사는 부지중에 범한 죄에 대한 것이나, 쩨다카와 정의는 부지중이나 의도한 죄를 두고도 속죄함을 받게 하느니라' 다른 해석도 있으니 '제사는 아래 있는 자(인간)가 드리나, 쩨다카와 정의는 그뿐 아니라 높은 곳에 있는 자(천사)도 행하느니라' 다른 해석도 있으니 '제사는 이생에서만 드리지만 쩨다카와 정의는 이생과 내생에서 행하느니라' 함과 같으니라."[10]

여기서 우리는 특별하고도 고귀한 위상이 쩨다카에 있다는 것을 알 수 있다. 그럼에도 랍비들은 쩨다카를 다른 계명과 비교할 때 그밀롯 하사딤을 그보다 훨씬 더 위대한 계명으로 여겼다.

---

9) 같은 책.
10) 신명기 라바 5:3.

14장

안
식
일
과 금
식
일
의 쩨
다
카

쩨 다 카

안식일(샤바트)은 일주일 가운데 가장 즐겁고 유쾌한 날이다. 랍비들은
유대인들에게 안식일만의 정성스러운 음식을 준비해두라고 권유한다. 유
대인은 이 거룩한 날을 위해 가장 좋은 포도주와 맛있는 음식을 흔쾌히
마련해둔다. 가난한 사람은 그럴 형편이 못될 수도 있다. 안식일에는 가장
좋은 음식을 준비해야 한다면 가난한 사람은 어떻게 해야 할까? 가난한
자가 안식일 특식에 쓸 음식을 충분히 확보하기 위해 전날 저녁에는 금식
해야 할지를 두고 논란이 제기됐다.

"랍비 히드카가 이르되 "우리라면 이렇게 말할지라. "안식일 전날 저녁에
먹을 음식은 안식일에 먹으라" 그러면 안식일 전날 저녁에는 금식을 권하
랴? 그렇지 않느니라. 랍비 아키바의 의견대로 "안식일을 평일로 생각하고

피조물을 궁하게 만들지 말지니라" 함과 같으니라.""[1]

랍비가 활동하던 시대에는 6일간은 하루에 두 끼, 안식일에는 세 끼로, 한 주에 15끼를 채웠다. 가난한 사람이 하루에 두 끼를 해결할 수 있다면 그는 탐후이에서 배급되는 식량을 받을 수 없었고 14끼를 해결할 수 있다면 쿠파 기금의 수혜자가 될 수 없었다.[2] 그렇다면 6일째 되는 날(목요일 저녁) 4끼 분량밖에 없는 사람은 어떻게 해야 할까? 목요일 저녁에 끼니를 해결하고 금요일 아침, 저녁에는 굶어서 안식일에 3끼를 먹어야 할까? 앞선 인용문에서 유추해보면 랍비 아키바는 금요일에 금식하지 말고 여섯째 날과 안식일에 각각 2끼를 채우면 된다고 주장했다.

안식일은 평일과 같으니 금요일에 금식해야 한다거나 쩨다카를 통해 식량을 추가로 얻어야 한다면 안식일에 3끼를 먹기보다는 평소처럼 2끼만 해결하는 편이 낫다는 것이다. 랍비 아키바는 될 수 있으면 이웃에게 의존해서는 안 된다는 의견을 피력했다. 잔칫날 음식을 마련함으로써 안식일을 특별한 날로 삼기 위해 노력은 해야겠지만 그것이 쩨다카의 지원을 받아야 가능한 일이라면 차라리 이웃에 의존하지 말고, 안식일 음식을 평일과 같이 간소화하는 편이 낫다는 입장인 것이다. 특식이나 잔칫상이 안식일의 절대적인 규정은 아니며 쩨다카의 신세를 져야 한다면 과감히 생

---

1) 바벨론 탈무드, 샤바트 118a.

2) 같은 책.

하브루타 삶의 원칙 쩨다카

략해도 좋다는 이야기다.

금요일 오후가 되면 가족들은 대개 안식일 준비로 매우 분주하다. 이때도 자선 모금인은 가정에 방문할 수 있다. "랍비 나흐만이 라바 벤 아부하의 이름으로 말한 바와 같이 '자선 모금인은 안식일 전날 저녁에도 쩨다카 기부를 받으러 다닐 수 있기 때문이라.'"[3]

쩨다카는 안식일에도 일부 항목을 행할 수 있을 만큼 중요한 계명이다. "랍비 히스다와 랍비 함누나가 진실로 이르되 "종교적인 문제의 결산은 안식일에 해도 되느니라" 랍비 엘르아자르는 "안식일에도 가난한 자에게 쩨다카를 베풀지니라" 하니라."[4]

안식일에 재정적인 업무를 살피는 것은 사사로운 일이 아니라 공동체의 종교적인 문제의 '결산'이라는 데 당위성을 둔다. 결산으로 안식일이 훼손된다고 보는 사람은 없다. 그러나 가난한 자들에게 돌아갈 쩨다카의 액수를 결정하는 것만 허용됐는지, 쩨다카의 자금을 배분하는 것까지 허용됐는지는 확신할 수 없다.

어쨌든 안식일에도 재정을 논하고 결정할 수 있었다니 흥미로울 따름이다. 쩨다카는 안식일에 허용된 몇 안 되는 일 중 하나였다.

---

3) 바벨론 탈무드, 바바 바트라 8b, 바벨론 탈무드, 키두쉰 76b도 참조하라.
4) 바벨론 탈무드, 커투보트 5a.

"'발언은 금지되느냐? 랍비 히스다 및 랍비 함누나가 이르되 "계명과 관련된 결산은 안식일에 계수할지니라" 랍비 엘르아자르는 "안식일에도 가난한 자에게 쩨다카를 베풀지니라" 하고, 랍비 야코브 벤 이디드는 랍비 요하난의 이름으로 말하기를 "생사가 오가거나 공동체가 해결해야 할 시급한 문제는 안식일에도 감찰할지니라" 하니라. 또한 랍비 슈무엘 벤 나흐마니는 랍비 요하난의 이름으로 이르되 "안식일에는 젊은 여인의 약혼식을 거행하고 자녀에게는 초등교육을 통해 생업을 가르칠지니라" 기록된바, '너(만의) 사업을 추구하지 아니하며 그에 대한 말을 하지 아니하면(이사야 58:13)(원문번역)' 함과 같으니라. 네 사업은 금하되 하늘의 일은 허용되느니라."5)

이사야 58장 13절을 보면 기자는 안식일을 즐거운 날로 삼되, 사사로운 일에 매진하지 말고 그에 관한 이야기도 삼가라고 주문한다. 그러나 랍비들에 따르면 쩨다카뿐 아니라 앞서 언급한 일은 여기에 해당하지 않고 하나님을 대신하는 일이다. 랍비들은 가난이 안식일의 즐거움을 망친다는 사실을 누구보다 잘 알고 있었다. 가난한 자에게는 안식일이 특별히 험악한 날일 수도 있다.

"랍비 여호슈아 벤 레비가 묻되 "고난받는 자는 그 날이 다 험악한가?"(잠언 15:15) 여기에는 분명 안식일과 여러 절기가 포함될 것이라. 그러

---

5) 바벨론 탈무드, 샤바트 150a.

하브루타 삶의 원칙 쩨다카

나 슈무엘에 따르면 성경은 참이니, 그는 '먹는 음식이 달라지면 병이 생기느니라' 했기 때문이라."[6]

즐거워해야 할 안식일과 각종 절기가 성경 구절("고난받는 자는 그 날이 다 험악하니"(잠언 15:15))과 대립한다고 볼 수는 없다. 가난한 자는 평소에 얼마 되지 않는 식량(마른 빵조각)으로 근근이 버텨왔을 터인데 안식일이 돼 고급 음식과 육류를 먹으면 체하거나 복통이 올지도 모르기 때문이다.

안타깝게도 가난한 자는 형편이 조금이라도 나아지면 감사해야 할 만큼 상황이 위태롭다.

"랍비 이쯔학이 이르되 "안식일의 햇빛은 가난한 자에게 베푸는 쩨다카니라 기록된바, "내 이름을 경외하는 너희에게는 공의로운 해가 떠올라서 치료하는 광선을 비추리니"(말라기 3:20) 함과 같으니라""[7] 가난한 자에게는 안식일에 맞이하는 따뜻하고 화창한 날도 하나님께로부터 받은 쩨다카와 같다. 금식일과 쩨다카 기부는 서로 관계가 깊다. 이를테면, 금식일에 모아둔 음식만큼 쩨다카를 베푸는 것이 관례인지라 마르 주트라는 '금식일의 미덕은 나눠준 쩨다카에 있다'고 했다."[8]

랍비들은 금식일에도 여느 날처럼 쩨다카를 결식가정에 즉각 배분하는

6) 바빌론 탈무드, 바바 바트라 146a.

7) 바빌론 탈무드, 타니트 8b.

8) 바빌론 탈무드, 버라호트 6b.

문제로 고민이 많았다. 금방 상하는 음식은 특히 신경이 쓰였다. 이는 "정의가 거기에 충만했고 공의가 그 가운데에 거했더니 이제는 살인자들뿐이로다"(이사야 1:21)를 풀이한 주석을 보면 잘 나타나 있다. "금식일에 쩨다카 배분이 갑자기 지연되면 피를 흘림과 같을지니, 기록된바, '정의(짜디크)가 거기에 충만했고 공의가 그 가운데에 거했더니 이제는 살인자들뿐이로다'(이사야 1:21) 함과 같으니라. 이 구절은 빵과 대추야자가 지연될 때만 적용되나, 돈이나 밀이나 보리가 지연되더라도 매한가지니라."[9]

위 구절에서 히브리어 '얄린(거하다)'은 하룻밤 묵는다는 뜻이 있는데, 랍비들은 이를 근거로 언어유희를 구사했다. 쩨다카(정의) 식량을 하룻밤 보관하면(하룻밤 지연시키면) 식량이 절실한 사람은 이때 아사할지도 모르니 살인과 같다는 것이다. 랍비들은 쩨다카 배분이 시급하다는 현실을 우려했다.(6장 참조) 물론 빨리 상하는 음식을 두고 하는 말이다. 금식과 쩨다카를 비교하자면 "랍비 엘르아자르도 이르기를 '금식은 쩨다카보다 더 위대하니라. 이유가 무엇인고 하니, 쩨다카는 돈으로 행하지만, 금식은 몸으로 행하기 때문이라'"[10] 그밀롯 하사딤 같이 금식 또한 쩨다카보다 더 고된 노력이 필요하다.

---

9) 바벨론 탈무드, 산헤드린 35a.
10) 바벨론 탈무드, 버라호트 32b.

하브루타와 쩨다카

15장

성경인물

쩨다카를 실천한

쩨 다 카

랍비가 이끄는 공동체에서는 쩨다카의 가치를 매우 높이 평가하기 때문에 그들은 모델을 찾기 위해 성경으로 시선을 돌렸다. 히브리어 성경(구약)은 신성하고도 거룩한 문서이므로 성서에 기록된 인물이라면 랍비를 따르는 유대인들에게는 정신적인 본보기가 될 수 있을 것이다. 다양한 성경 일화는 하나의 지침이 되었고, 쩨다카의 본질과 가치는 성경 인물의 행동을 통해 드러났다. 예컨대, 창세기 기자가 노아를 짜디크(의인)로(창세기 6:9) 부른 이유 중 하나는 그가 대홍수 당시 하나님의 피조물에게 먹이를 줬기 때문이라고 한다. 그가 방주에서 동물을 먹인 것은 쩨다카의 일환으로 비쳤다.[1]

---

1) 탄후마Tanhuma, 부버 버전, 노아흐Noah 31. 탄후마, 노아흐 5.

성경에 등장하는 1대 족장인 아브라함은 결정적인 오점이 있었음에도 랍비들 사이에서는 그가 특히 선한 사람의 모범으로 종종 회자되곤 했다. 이는 아브라함이 쩨다카를 베푼 일화에 잘 나타나 있다. 다음 구절에서 그는 다윗에 비유되기도 했다.

"아울러 우리의 조상 아브라함은 우선 쩨다카를 실천하고 나서 공의(율법적인 도)를 행했느니라. 기록된바, '내가 그로 그 자식과 권속에게 명해 여호와의 도를 지켜 의와 공도를 행하게 하려고 그를 택했나니'(창세기 18:19) 함과 같으니라. 하루는 소송당사자 둘이 옳고 그름을 가리기 위해 우리 조상 아브라함을 찾아왔더라. 둘 중 하나가 상대를 가리키며 '이 자가 내게 1미나를 빚졌나이다' 하면 아브라함은 자기 돈 1미나를 꺼내어 꾼 자에게 줬더라. 그러고는 둘에게 이르되 '내 앞에서 손해 본 바를 말하라' 하면 각자가 이를 털어 놓으니라. 조사 결과, 그가 정말 상대방에게 1미나를 꾸었으면 아브라함은 돈을 건넨 그에게 이르기를 '채권자에게 1미나를 주라' 하고 그렇지 않으면 '너희 둘이 돈을 나누고 화평하게 떠나라' 했더라.

그러나 다윗왕은 그리 행하지 않고 공의를 실천하고 난 뒤 쩨다카를 실천했느니라. 일렀으되 '다윗이 온 이스라엘을 다스려 모든 백성에게 공의와 쩨다카를 행할 새'(사무엘하 8:15) 함과 같으니라. 소송당사자 둘이 옳고 그름을 가리기 위해 다윗 왕을 찾아왔더라. 다윗이 둘에게 이르되 '내 앞에서 손해 본 바를 말하라' 하니 각자가 이를 털어놓으니라. 조사 결과, 그가 상대방에게 1미나를 꾸었으면 다윗은 빚진 자에게 돈을 건넸고 그렇지 않으면 '너희 둘이 돈을 나누고 화평하게 떠나라' 했더라."[2]

위 단락에서 랍비들은 두 가지 성경구절을 대조해 아브라함과 다윗의 성품을 설명했다. 이를테면, 아브라함의 경우에는(창세기 18:19) 쩨다카가 공의보다 먼저 언급된 반면, 다윗을 기록한 구절에서는 순서가 바뀌어 공의가 쩨다카를 앞질렀다(사무엘하 8:15). 성경에 우연히 기록된 것은 없으므로, 랍비들은 두 구절의 어순이 역전된 점에 주목해 이야기를 통해 차이를 설명했다. 기록이 암시한 대로 아브라함의 우선순위는 쩨다카였고 다윗의 것은 공의였던 것이다.

인용문에는 쩨다카와 공의 사이의 팽팽한 긴장 관계가 기록돼있다. 랍비들은 두 가치가 매번 양립하는 것은 아니라고 믿었다. 이를테면, 쩨다카와 공의는 절충이 필요한데 다윗의 삶이 이를 보여주는 모범이었다는 것이다. 다윗의 특기는 '중재Arbitration'였다. 문맥상 '중재'는 엄격하거나 혹독한 법 집행을 무색하게 했다. 그는 당사자의 이익을 고려한 결과를 성취하려 했다. 쌍방의 화평을 이끈 원인은 다름 아닌 다윗의 '중재'였다.

"화평을 담은 공의는 무엇이뇨? 그것은 중재니라. 다윗의 사례도 그러하니 일렀으되 '다윗이 모든 백성에게 정의와 공의를 행하니라'(사무엘하 8:15)

---

2) 아보트 드 랍비 나탄 33. 버전 a. 셰크터 버전.

함과 같으니라. (엄정한) 공의가 있는 곳에 쩨다카는 없으며, 쩨다카가 있는 곳에 공의는 없느니라. 그렇다면 '쩨다카를 담은 공의는 무엇이뇨?'라 물으면 '중재'라 할지니라.

그러나 이 구절의 풀이는 중재를 금한 첫 탄나의 의견과 일치하니라. 예 컨대, 다윗은 판결에 앞서 죄 없는 자는 석방하고 죄인은 유죄를 선고했으나, 죄를 범한 자가 돈이 없다는 것을 알면 긍휼로 그를 도왔느니라. 공의 와 쩨다카는 이를 두고 하는 말이니, 제 돈을 찾아준 자에게는 공의를, 긍 휼을 털어 빚을 갚아준 자에게는 쩨다카를 행한 것이니라. 그러므로 성경 은 다윗에 대해 '모든 백성에게 정의와 공의를 행할 새'(사무엘하 8:15)라 했 느니라. 설령 그에게 긍휼을 보여주지 않았다손 치더라도 그는 공의와 쩨 다카를 행한 것이라. 제 돈을 찾아준 자에게는 공의를, 탈취한 것을 빼앗 은 상대방에게는 쩨다카를 행한 것이니라."[3]

위 구절은 쩨다카의 또 다른 측면을 보여준다. 어떤 이가 손해를 배상해 야 하지만 그럴 형편이 못되면 다윗은 배상을 위해 돈을 주곤 했다고 한다. 손해를 배상해야 할 여력이 되는 사람이라면 다윗은 그에게 쩨다카를 권유 하곤 했다. 쩨다카를 통해 부당하게 탈취한 이익을 빼앗았다고 하니, '쩨다 카'는 부당한 이익을 취한 자가 상대에게도 베풀 수 있다는 이야기다.

---

3) 바벨론 탈무드, 산헤드린 6b.

하브루타 삶의 원칙 쩨다카

예루살렘의 요세이 벤 요하난은 "네 집을 넓게 열고, 가난한 자를 식구로 맞이하라"고 가르쳤다.[4] 첫 구절은 욥의 맥락에서 살펴봐야 한다.

"네 집을 넓게 열라? 어떻게 그리할 수 있느냐? 집에 4개의 대문을 단 욥과 같이, 동서남북 사방에 입구를 넓게 터야 한다는 가르침이라. 욥은 어찌해 집에 대문 넷을 달았느냐? 그러면 가난한 자가 집 주위를 돌며 헛고생을 하지 않을 것이기 때문이라. 넷을 달면 북쪽에서 온 사람도 대문에 들어갈 수 있고 남쪽에서 온 사람도 들어갈 수 있으며 사방 어디에서나 그럴 수 있느니라. 그리하여 욥은 집에 네 개의 대문을 달았느니라."[5]

욥의 집은 쉽게 드나들 수 있어 가난한 자가 별 무리 없이 쩨다카를 얻었다. 욥도 쩨다카를 베풀었지만, 아브라함만큼 위인은 아니었다. 아브라함은 수혜자의 기대를 훨씬 넘어섰지만, 욥은 최소한 형편이 되는 대로 수혜자를 도왔기 때문이다. 욥은 불행을 당하지 않을 자격이 있다는 점을 하나님께 호소할 때 자신의 의를 되짚었다.

"끔찍한 재앙이 닥치자 욥은 거룩하시고 복되시며 우주를 통치하시는 하나님께 아뢰되 '내가 주린 자를 먹이지 않고 목마른 자에게 마실 것을 주지 않았나이까?' 하니라. 기록된바, '나만 혼자 내 떡 덩이를 먹고 고아에게 그 조각을 먹이지 아니했던가?'(욥기 31:17) 함과 같으니라. 그리고 '내가

---

4) 미쉬나, 아보트 1:5.
5) 아보트 드 랍비 나탄 7. 버전 a. 셰크터 버전.

벗은 자에게 옷을 입히지 않았나이까?' 했더라. 일렀으되 '만일 나의 양털로 그의 몸을 따뜻하게 입혀서 그의 허리가 나를 위해 복을 빌게 하지 아니했다면'(욥기 31:20)과 같으니라.

그럼에도 거룩하시고 복되신 하나님은 욥에게 '아브라함의 절반도 미치지 못했느니라. 너는 집에 가만히 앉아 나그네가 오기를 기다렸고, 밀빵이 익숙한 자에게는 밀빵을, 포도주를 마시는 자에게는 포도주를 줬느니라. 아브라함은 그러지 않았으니 그는 거리를 다니며 나그네를 찾아 제집에 들였고 밀빵을 먹어보지 못한 자에게는 밀빵을, 포도주를 맛보지 않은 자에게는 포도주를 줬느니라. 아울러 아브라함은 거리에 광장을 짓고 거기에 음식을 둬 나그네가 먹고 마시며 하나님을 찬송케 했느니라. 그리하여 심령의 즐거움이 그에게 있었더라. 무엇을 구하든 아브라함의 집에는 다 있었으니 기록된바, "아브라함은 브엘세바에 에셀 나무를 심으니라."(창세기 21:33) 함과 같으니라.'"[6]

기대 이상으로 베푼 아브라함은 가난한 자가 집을 찾아올 때까지 소극적으로 기다리지 않았다. 반면 욥은 가난한 자가 집에 들어올 때까지 기다렸다. 아브라함은 그들을 집에 들이기 위해 적극적으로 찾아다녔다고 한다.

---

6) 같은 책.

하브루타 삶의 원칙 쩨다카

성경 인물들은 쩨다카를 실천할 때 하나님으로부터 후한 상을 받았다. 랍비들은 쩨다카의 상을 받은 산증인으로 이삭을 꼽기도 했다.

"'이삭이 그 땅에서 농사해(씨를 뿌리니라)'(창세기 26:12)를 가리켜 랍비 엘리에제르가 이르되 '이삭이 작물의 씨를 뿌렸는가? 아니라! 그는 재산을 취해 쩨다카의 일환으로 가난한 자에게 이를 뿌렸으리라. 기록된바, "너희가 자기를 위해 공의를 심고 인애를 거두라"(호세아 10:12) 함과 같으니라. 거룩하고 복되신 하나님은 십일조를 100배로 갚아주시고 그에게 복을 내려주실 것이라. 일렀으되 "이삭이 그 땅에서 농사해 그 해에 100배나 얻었고 여호와께서 복을 주시므로"(창세기 26:12) 함과 같으니라.'"[7]

---

7) 피르케이 드 랍비 엘리에제르, 33.

16장

부당한 이득과
수혜자에 대한 규제

쩨 다 카

필자는 8장에서 규제와 바람직한 요구 및 의무가 기부자에게 적용된다는 점을 다룬 바 있다. 기부자의 재원은 한정된 데다 가난한 사람의 필요가 쩨다카라는 현 제도로 온전히 충족될 수는 없기에 랍비들은 수혜자에게도 규제와 바람직한 요구 및 의무를 적용하려 했다.[1]

아무나 쩨다카의 수혜자가 될 수 있는 것은 아니다. 수혜자가 되려면 형편이 일정한 '빈곤선'을 넘어서는 안 됐다. 단기간이나마 먹을 것이 넉넉하다면 식량이나 지원금을 받을 수 없었다. 쩨다카를 위해 모아둔 식량과 기금은 절박한 사람에게 한정됐기 때문이다. 14끼가 충분하다면 탐후이의 혜택을 받을 수 없고, 14끼가 넉넉하다면 쿠파의 혜택을 받을 수 없느니

---

1) 아론 리히텐슈타인, 『알레이 에찌온 'Alei Etzion 16(2009)』 7~30에 수록된 「수혜자의 책임The responsibilities of the recipient of charity」도 참조하라.

라."[2]

랍비들은 수혜자의 식량뿐 아니라 재정적인 형편도 감안했다. 순수익으로 볼 때 최저치가 되면 일부 쩨다카 혜택은 누릴 수 없다. '200주즈가 있다면 이삭과 잊은 곡식단과 가난한 자를 위한 십일조를 받을 수 없으나, 200주즈에 1데나리온이 부족해 천 명이나 되는 기부자가 1데나리온씩 주더라도 그는 이삭과 잊은 곡식단과 가난한 자를 위한 십일조를 받을 수 있느니라."[3]

그러나 순자산이 최저 200주즈인 사람은 이삭과 잊은 곡식단과 가난한 자를 위한 십일조를 받을 수 없다는 규정에 대해서는 세 가지 예외가 있다. 첫째, "재산이 채권자에게 돌아가거나 아내의 커투바를 위한 담보가 된다면 그는 이삭과 잊은 곡식단과 가난한 자를 위한 십일조를 받을 수 있느니라."[4] 자산이 동결돼 생필품을 구입할 유동자산이 수혜자에게는 없기 때문이다.

둘째, "50주즈로 장사를 한다면 그는 이삭과 잊은 곡식단과 가난한 자를 위한 십일조를 받을 수 없을 것이라."[5] 장사하는 데 고작 50주즈를 쓴다는 사람은 수혜자의 자격이 박탈될 수 있다. 거래처와의 협상은 이미 진

---

2) 미쉬나, 페아 8:7.
3) 같은 책 8:8.
4) 같은 책 8:8.
5) 같은 책 8:9.

하브루타 삶의 원칙 쩨다카

행됐을 것이고 필요한 물품은 거래를 통해 교환할 수 있을 것이기 때문이다. 아울러 여윳돈 없이 장사를 계속한다는 것은 불가능하기 때문이라는 해석도 가능하다.

셋째, 재산은 있지만, 일시적으로 현금이 없을 때도 예외가 된다.

"'집주인이 여행할 때 이삭이나 잊은 곡식단 혹은 가난한 자를 위한 십일조가 필요하다면 그는 이를 받을 수 있느니라. 귀가하면 이를 반환할지니라' 랍비 엘리에제르는 이렇게 말했으나 현인들은 '반환하지 않아도 되느니라. 당시 그는 가난한 자였기 때문이라' 하니라."[6]

마지막 구절에서는 자산을 보유하고도 쩨다카의 수혜자가 될 수 있느냐의 문제가 제기된다. 과연 재산을 모두 포기해야만 쩨다카의 혜택을 받을 수 있을까? 랍비의 답변은 이렇다. "당국은 수혜자에게 집이나 재화를 강제로 팔게 해서는 안 되느니라"[7] 수혜자는 집과 세간 따위를 갖고 있어도 쩨다카를 받을 수 있다는 것이다. 물론 가옥과 세간을 면제해주면 쩨다카를 남용할 소지가 있다. 랍비들이 탈무드에 기록한 처방은 아래와 같다.

"다른 문헌에서 들은 바, '당국은 수혜자에게 집이나 재화를 강제로 팔게 해서는 안 되느니라' 했으나 정녕 그러하뇨? 현인들이 가르치기를 '금세

---

6) 같은 책 5:4.
7) 같은 책 8:8.

간을 써버릇한 자는 이제 은세간을 쓰고, 은세간을 썼던 자는 이제 구리 세간을 쓰게 하라' 하지 않았더냐."[8]

수혜자가 누렸던 과거의 경제적 환경을 민감하게 고려해야 한다는 점(8장)과 가난해진 뒤로는 적응이 불가피하다는 현실적인 의견이 반영된 구절이다.

필자는 16장에서 200주즈라는 '빈곤의 기준선'이 있다는 점을 지적한 바 있는데, 악인은 이를 역이용하거나 쩨다카의 정신을 교묘히 악용하는 경우가 더러 있다. 다음 인용문에는 부적절한 행위의 사례가 잘 나타나 있다.

"매우 경건하지만 어리석은 자는 누구인가? 예컨대, 여성이 물에 빠졌을 때 '벗은 여성을 보며 구할 수는 없다'고 말하는 자로다. 교활한 악인은 누구인가? 랍비 요하난이 이르되 '상대방이 법정에 오기도 전에 재판관에게 송사를 떠벌리는 자로다' 랍비 아바후는 이르기를 '가난한 자에게 1데나리온을 주어 200주즈가 되게 하는 자로다' 익히 들은 바 '200주즈를 가진 자는 이삭과 잊은 곡식단과 가난한 자를 위한 십일조를 받을 수 없으나, 200주즈에 1데나리온이 부족해 1,000명의 기부자가 1데나리온씩 주더라도 그는 이삭과 잊은 곡식단과 가난한 자를 위한 십일조를 받을 수 있다'

---

8) 바벨론 탈무드, 커투보트 68a.

하브루타 삶의 원칙 쩨다카

는 규정 때문이라."[9]

위 구절대로라면 1데나리온을 받은 수혜자는 숱한 기부자들이 주는 1,000데나리온(한 명이 1데나리온씩 천 명이 모인다는 가정으로)은 받을 수 없게 된다. 기부자가 조건을 내세울 때도 수혜자에게는 규제가 적용된다. 가령 쩨다카에 목적이 있다면 수혜자에게는 이를 따라야 할 의무가 있다.

"그러나 랍비 메이르(의 금언은) 이러하니, 가르침을 들은바, "랍비 쉬몬 벤 엘르아자르가 랍비 메이르의 이름으로 말하노니, 기부자가 셔츠를 살 수 있도록 가난한 자에게 1데나리온을 줬다면 그 돈으로 외투를 사서는 안 되느니라. 이는 소유자(기부자)의 견해를 무시하는 처사이기 때문이라. 마음이 달라질 수도 있으나 그러면 괜스레 의심을 받게 되느니라. 사람들이 말하기를 아무개가 가난한 자를 위해 셔츠를 사준다 하고는 이를 사지 않았다거나, 아무개가 가난한 자를 위해 외투를 사준다 약속하고는 이를 지키지 않았다고 할 것이라. 그러니 사실을 밝힐지니라. 그가 의심을 받을 수 있기 때문이라. 가난한 자가 기부자의 기대를 외면했다고도 오해할 수 있으니 사실을 밝혀야 마음이 변했다는 점이 입증될 것이라. 기부자의 의도를 저버린 자는 강도라 부를지니라.""[10]

과연 기부자는 가난한 자에게 쩨다카를 베푼 뒤에도 소유권을 주장할

9) 바벨론 탈무드, 소타 21b.
10) 바벨론 탈무드, 바바 머찌아 78b.

수 있을까? 쩨다카에 조건이 붙지 않는다면 수혜자는 받은 돈이나 재화를 마음껏 쓸 수 있을 텐데 말이다. 기부금에는 저 나름의 조건이 있으므로 수혜자가 쩨다카를 조건대로 사용하지 않으면 기부자의 것을 훔쳤다고 보는 견해가 있는 반면, 기부자는 쩨다카를 조건 없이 베풀었으니 소유에 관한 이권이 없다는 반론도 있다. 물론 수혜자는 책임 있는 처신으로 기부자의 체면을 구겨서는 안 될 것이다. 기부자가 어떤 식으로든 수혜자를 도와준다고 약속한 뒤, 그 사실이 제삼자의 귀에 들어간다면 수혜자는 기부자의 입장과 다르게 처신해서는 안 된다는 이야기다. 놀랍게도 기부자가 비밀리에 혹은 익명으로 쩨다카를 베풀어도 그런 일이 종종 벌어진다.(7장 참조)

기부자의 가슴 한구석에는 수혜자의 절박한 심정에 대한 안타까움이 있다. 앞서 언급했듯이, 자산에 따라 쩨다카를 받지 못하는 사람도 있는데 그럼에도 쩨다카를 고집한다면 어떻게 될까? 랍비들은 신이 이를 심판한다고 믿었다.

"쩨다카를 받을 필요가 없음에도 그리 한 자는 실제로 이웃의 도움을 받아야 할 처지가 되기 전에는 세상을 떠나지 않을지어다. 한편 쩨다카를 받아야 함에도 그러지 않은 자는 노년이 돼도 자신의 것으로 이웃을 돕기 전에는 세상을 떠나지 않을 것이라. 성경이 그를 가리켜 이르기를 무릇 여호와를 의지하며 여호와를 의뢰하는 그 사람은 복을 받을 것이라(예레미야 17:7) 함과 같으니라. 절름발이도 아니고 맹인도 아닌 데다 다리가 불편하지도 않은 자가 그런 시늉을 한다면 그들 중 하나 같이 되리라. 일렀으되 '악을 더듬어 찾는 자에게는 악이 임하리라'(잠언 11:27) 또 기록된 바 '너는 마땅히 공의만을 따르라'(신명기 16:20) 함과 같으니라."[11]

위에서 느낄 수 있는 '시적 정의Poetic Justice'는 랍비 아키바의 사상에도 반복된다. "랍비 아키바가 이르되 '궁하지 않을 때 쩨다카 모금함에서 1페루타를 취하는 자는 누구나 이웃의 도움을 전전하는 때가 오기 전에는 이생을 떠나지 않으리라' 그는 이렇게 말하곤 했다. '눈이나 허리에 천을 동이며 "눈먼 자에게, 곤고한 자에게 자선을 베풀라"고 외치는 자는 결국 진실을 말하게 될지니라(그대로 되리라)."[12]

랍비들은 쩨다카를 배분할 때 부당한 손해를 피하려 했다. 예컨대, "랍비 압바는 주즈 몇 푼을 넣어둔 보자기를 등에 매달고 다니며 가난한 자에게 이를 나누어주었고, 한눈은 악당을 의식해 곁길에 두었더라"[13] 악당에 대한 재치 있는 시각은 아래 일화에 풀어냈다.

"랍비 하나나는 안식일 전날이 되면 어김없이 가난한 자에게 4주즈를 보내주었더라. 하루는 아내 편으로 돈을 보냈는데 아내가 집에 돌아와 이

---

11) 미쉬나, 페아 8:9.

12) 아보트 드 랍비 나탄 3. 버전 a. 세크터 버전.

13) 바벨론 탈무드, 커투보트 67b.

르기를 '더는 돈이 필요하지 않을 듯싶더이다' 하더라. 무엇을 봤기에 그러하뇨? 아내가 대답하되, '듣자하니 "저녁식사 때 식탁보는 어떤 걸 하겠소? 은과 금 식탁보 중에 고르라" 하더이다' 이때 랍비 아니나가 말하되 '그래서 랍비 엘라자르가 "악인이 있음을 감사하세. 그들이 없었다면 우리는 매일 죄를 범하며 살았을 것이요. 기록된바, 그가 너를 여호와께 호소하리니 그것이 네게 죄가 되리라(신명기 15:9) 함과 같으니라" 한 것이라.'"[14]

　인용된 성경구절은 쩨다카를 베풀지 않으면 죄가 된다는 점을 암시한다. 그러나 '수혜자'가 부당하게 쩨다카를 취하려 든다 해도 그것이 죄가 되진 않는다. 랍비들에 따르면, 교묘한 수혜자는 '자성예언Self-fulfilling Prophecy'을 이룰 거라고 한다. 자신을 가리켜 육신이 곤고한 자라며 쩨다카를 구하는 자는 결국 그대로 될 거라는 이야기다. "랍비들의 가르침은 이러하니라. 눈이 먼 시늉을 하거나 복수가 차거나 다리가 휜 환자 행세를 하는 자는 정말 그렇게 되기 전에는 세상을 떠나지 않을 것이라. 쩨다카가 필요하지 않은데도 이를 취한 자는 정녕 쩨다카에 전전하는 신세가 되기 전에는 세상을 떠나지 않으리라.'"[15]

---

14) 같은 책 67b~68a.
15) 같은 책 68a.

하브루타와 쩨다카

17장

쩨다카와 이방인 공동체

째 다 카

12장에서 살펴본 바와 같이, 탈무드에서는 이방인이 베푸는 째다카를 긍정적인 시각으로 볼 수 있는가도 쟁점이 됐다. 이를테면, 이방인에게는 이스라엘을 장악하거나 치욕을 주고 싶어 하는 꿍꿍이가 숨어있을지도 모른다는 견해가 있는데, 이에 따르면 이방인의 째다카는 부정적인 행각이나 혹은 죄로 치부되기도 했다. 반면 랍비 요하난 벤 자카이는 이방인이라도 째다카를 베풀면 속죄할 수 있다고 주장했다. 이처럼 첨예하게 대립된 두 시각에 대해서는 랍비 문헌에서도 긴장이 조성된바 있다. 예컨대, "이방인의 째다카를 취한 자의 수효가 급증할 때 이스라엘은 정상에 오르고 그들은 바닥으로 곤두박질하며, 이스라엘은 전진하고 그들은 퇴보할 것이라."[1]

---

1) 바벨론 탈무드, 소타 47b.

최소 두 가지 해석이 가능한 구절이다. 우선 이스라엘을 장악하려던 민족을 되레 이스라엘이 이용할 거라는 쾌거로 보거나, 이스라엘이 이방인에게 쩨다카를 받거나 그들에게 의존했던 과거의 치욕을 후회한다는 냉소적인 뜻으로 볼 수 있다는 것이다.[2] 그렇다면 인용된 구절은 반어법으로 이해해야 한다. 이방인에 대한 분노는 다음 구절에도 잘 나타나 있다.

"라바가 해명하되 '"그들을 주 앞에 넘어지게 하시되 주께서 노하시는 때에 이같이 그들에게 행하옵소서"(예레미야 18:23)는 무슨 뜻인고? 예레미야 선지자는 우주의 주인이신 거룩하신 하나님 앞에서 말하기를, 쩨다카를 준행하더라도 일말의 가치도 없는 족속을 통해 그들에게 절망을 주시고 쩨다카에 대한 분깃도 없애달라는 뜻이라.'"[3]

이방인은 랍비들이 거룩히 여기는 대상을 조롱했기 때문에 분노를 샀다. "토라와 성물과 절기를 멸시하고 우리 조상 아브라함과의 언약을 무효로 만드는 자는 선을 행했다손 치더라도 내세의 분깃은 받지 못하리라."[4]

랍비 시대에는 이방인과 유대인이 생각하는 쩨다카의 개념이 서로 달랐다. 기독교는 쩨다카를 근본적인 사회개혁 수단으로 활용하지 않았다. 예

---

2) 엘리엇 N. 도프Elliot N. Dorff, 『하나님의 민족들Peoples of God: A Jewish-Christian Conversation in Asia(Hans Ucko, Geneva: WCC Publications, 1996)』 46~66에 수록된 「이방민족과의 관계를 둘러싼 유대교 신학A Jewish theology of Jewish relations to other peoples」.
3) 바벨론 탈무드, 바바 카마 16b.
4) 아보트 드 랍비 나탄 35, 버전 b, 섹크터 버전.

컨대, 야고보서 2장 15~16절을 보면 "만일 형제나 자매가 헐벗고 일용할 양식이 없는데, 너희 중에 누구든지 그에게 이르되 평안히 가라, 덥게 하라, 배부르게 하라 하며 그 몸에 쓸 것을 주지 아니하면 무슨 유익이 있으리오?"(야고보서 2:15~16)라는 구절이 있다. 기독교인에게 가난은 근절해야 할 악이 아니었다. 어찌 보면 빈곤은 금욕적인 측면에서는 칭송을 받는 대상이기도 했다. 앞서 논의한 바와 같이, 랍비에게 가난은 인간의 품격을 실추시키는 장본인인 반면, 쩨다카는 사회를 개선하는 방책이었다. 세상에는 가난한 자와 부유한 자가 공존하지만 이런 백성 사이에서 빚어지는 갈등은 쩨다카를 통해 어느 정도 해결될 수 있다는 점을 랍비들은 인정했다. 쩨다카는 사회적 불평등을 해소하고 공동체의 유대감을 돈독케 하며 책임감을 강화하는 데 상당한 보탬이 될 수 있다는 것이다.[5]

물론 쩨다카와 이방인에 대한 기록이 모두 부정적인 것은 아니다. 예컨대, 한 일화에 따르면, 이프라 호르미즈Ifra Hormiz는 이방인으로서 유대인 공동체에 쩨다카를 베풀었고, 랍비들은 논의 후 이를 인정했다고 한다.

"랍비 야코브 벤 아하는 랍비 아시의 이름으로 이르기를 '이방인을 돕거나 대리인을 자처해서는 안 되느니라' 라바가 대답하되 '우리가 가르칠 것은 이러하니, 샤푸르왕의 모친 이프라 호르미즈는 라바에게 제물을 보내며 "이는 하늘의 영광을 위해 쓰여야 하리라" 당부한지라' 라바가 랍비 사

---

5) E. E. 우르바흐E. E. Urbach, 『시온Zion 16호(1951)』 1~27쪽(히브리어)에 수록된 「탈무드에 나타난 자선의 정치·사회적 성향Political and Social Tendencies in Talmudic Concepts of Charity」.

프란 및 라비 아하 벤 후나에게 '두 이방인 사내를 데려와 … 제물을 하늘의 영광을 위해 바치라' 하니라."[6]

쩨다카는 두 공동체의 화평을 위해 유대인과 이방인이 공유하기도 했다. 토세프타와 탈무드 기틴(3:13~14)은 이방인도 시신을 장사하는 일을 비롯해 쩨다카의 도움을 받으라고 권면한다.[7] 탈무드에 기록된 바와 같이, "이방인 중 가난한 자가 있다면 원한을 품지 않도록 이삭과 잊은 곡식단 및 밭모퉁이를 금하지 말지니라. 랍비들의 가르침은 이러하니, '우리는 화평을 위해 이방인 및 이스라엘의 가난한 자를 돕고, 이방인 및 이스라엘의 환자를 문안하며 이방인 및 이스라엘의 핍절한 자를 장사지낼 것이라' 함과 같으니라."[8]

유대인 및 이방인 공동체가 상부상조했다는 사실은 다음 구절에서도 찾을 수 있다. "가르침은 이러하니, '유대인과 이방인이 함께 거하는 도성에서는 이방인과 이스라엘인 중에서 자선 모금인을 지명해 헌금을 징수할지니라. 그들은 이방 및 이스라엘의 가난한 자를 돕고 이방 및 이스라엘의 망자를 장사하며 이방 및 이스라엘의 유족을 위로할지니라' 함과 같으니라."[9]

---

6) 바벨론 탈무드, 제바힘 116b.

7) 토세프타, 페아 3:1, 에루빈 5:11, 너다림 2:7, 아보다 자라 1:3, 훌린 10:13.

8) 바벨론 탈무드, 기틴 61a.

9) 예루살렘 탈무드, 기틴 5:9, 33a.

하브루타와 쩨다카

결론

랍비 문헌에서 짚어본 바와 같이 유대인 전통에 따르면, 하나님에 대한 믿음은 자기중심주의를 산산이 부순다. 자기중심적인 사람은 하나님과의 관계를 유지·정립하지 못하기 때문이다. 신과 인간의 관계나 하나님과의 언약 또한 이웃의 딱한 처지를 그냥 지나쳐선 안 된다고 강조한다. 쩨다카는 유대인이 이러한 상황에 민감하게 대처할 수 있도록 교육하는 수단이다.

앞서 소개한 랍비 문헌은 개인의 존엄성을 연신 강조하고 있는데, 이는 랍비들이 그리던 '쩨다카'의 개념을 이해하는 열쇠가 될지도 모르겠다. 사람이라면 이웃이 품위 있게 살도록 그들의 삶을 증진시켜야 할 의무가 있다. 가난은 인간의 품위와 자존감을 훼손하는 힘이 있다. 인간은 하나님께로부터 생명을 선물로 받았기 때문에 세상을 개선한다는 '티쿤 올람'에

동참할 책임이 있다. 랍비들이 창출하고 시행한 쩨다카 제도는 빈곤이라는 악을 공격할 수 있도록 요령을 일러주는 인식 체계다. 이기주의를 비롯해 이웃의 형편에 무관심한 태도는 인류의 종말을 부추길 수 있지만, 쩨다카는 인류를 구원해낼 힘이 있다. 마이모니데스의 금언을 끝으로 글을 마치려 한다.

"가난한 자가 도움을 청할 때 이를 외면하고 쩨다카를 베풀지 않는 자는 금지계명을 범한 것이라. 기록된바, '그 가난한 형제에게 네 마음을 완악하게 하지 말며 네 손을 움켜쥐지 말라'(신명기 15:7) 함과 같으니라."[1]

---

1) 마이모니데스, 『미쉬네 토라』, 힐호트 마테노트 아니임 7:2.

하브루타와 쩨다카

랍비 저작자

소호의 안티고노스, BC 3세기 전반

압바, 290년경

압바 벤 이르메아, 바벨론, 270년경

아바예, 바벨론, 338년경

압바 샤울, 150년경

압바 유단, 90년경

아분, 이스라엘, 325년경

아다 바르 아하바, 바벨론, 250년경

아하, 이스라엘, 320년경

아하 벤 후나, 바벨론, 300/400년경

아이보, 이스라엘, 320년경

아키바, 이스라엘, 135년경

암미, 이스라엘, 300년경

아쉬, 바벨론, 427년경

아시, 바벨론, 250년경

아부하, 바벨론, 250년경

바르 카파라, 이스라엘, 220년경

바르 메리온, 300년경

버레히아, 이스라엘, 340년경

비비, 이스라엘, 320년경

디미, 이스라엘, 320년경

엘라이, 이스라엘, 110년경

엘르아자르, 동명이인이 여럿 있다. 이스라엘, 270년경

엘르아자르 벤 랍비 쉬몬, 이스라엘, 180년경

엘르아자르 하카파르, 이스라엘, 180년경

엘리에제르, 동명이인이 여럿 있다. 이스라엘, 90년경

엘리에제르 벤 비르타, 이스라엘, 110년경

엘리에제르 벤 야코브, 이스라엘, 150년경

감리엘 벤 랍비, 이스라엘, 220년경

하마 벤 랍비 하니나, 이스라엘, 260년경

함누나, 바벨론, 300년경

하니나, 이스라엘, 380년경

하니나 벤 테라디온, 이스라엘, 135년경

히드카, 이스라엘, 120년경

힐렐 장로, BC 20년경

히스다, 바벨론, 309년경

히야, 이스라엘, 280년경

호샤야, 이스라엘, 300년경

후나, 동명이인이 여럿 있다. 바벨론, 297년경

이시, 동명이인이 여럿 있다. 이스라엘, 150년경

카하나, 동명이인이 여럿 있다. 250년경

레아자르 벤 랍비 요세이, 180년경

레비, 이스라엘, 300년경

드로메아의 룰리아누스(남부에서 온 율리아누스?), 이스라엘, 320년경

마르 우크바, 바벨론, 270년경

마르 주트라, 바벨론, 320~419년경

마르 주트라 벤 투비아, 270년경

메이르, 이스라엘, 150년경

나흐만, 400년경

나흐만 벤 이쯔학, 바벨론, 356년경

감주의 나훔, 이스라엘, 90년경

나탄 벤 압바, 바벨론, 270년경

나탄 벤 암미, 바벨론, 4세기

핀하스 벤 하마, 이스라엘 360년경

랍바 벤 아부하, 바벨론, 280년경

랍바 토스파, 바벨론, 468~470년경

라브, 바벨론, 247년경

라바, 바벨론, 352년경

라비나, 동명이인이 여럿 있다. 420년경

사프란, 이스라엘, 3세기경

쉴라, 바벨론, 210년경

노베의 쉴로, 4세기경

쉬몬 벤 할라프타, 이스라엘, 190년경

쉬몬, 280년경

쉬몬 벤 엘르아자르, 이스라엘, 190년경

쉬몬 벤 감리엘, 이스라엘, 140년경

쉬몬 벤 라키쉬, 이스라엘, 250년경

슈무엘, 슈무엘 바르 나흐마니 참조

슈무엘 벤 나흐만, 이스라엘, 260년경

슈무엘 벤 예후다, 바벨론 280년경

슈무엘 바르 나흐마니, 이스라엘, 260년경

탄훔 벤 랍비 히야, 이스라엘, 300년경

탄후마, 이스라엘, 80년경

타르폰, 이스라엘, 110년경

야콥 벤 아하, 4세기경

야코브 벤 이디드, 이스라엘, 280년경

얀나이, 이스라엘, 225년경

여호슈아, 90년경

시흐닌의 여호슈아, 이스라엘, 330년경

예후다 하나시(왕세자 유다), 이스라엘, 135~219년경

이르메아 벤 엘라자르, 이스라엘, 270년경

이슈마엘, 135년경

이쯔학, 이스라엘, 300년경

요하난, 이스라엘, 2년경

요하난 바르 나파하, 이스라엘, 3세기

요하난 벤 자카이, 이스라엘, 80년경

요나, 이스라엘, 350년경

요세이 벤 키스말

예루살렘의 요세이 벤 요하난, BC 150년경

요세이 벤 할라프타, 이스라엘, 150년경

요세프, 300년경

유다, 동명이인이 여럿 있다. 300년경

하브루타와 쩨다카

유다 벤 랍비 샬롬, 이스라엘, 370년경

유다 바르 시몬, 이스라엘, 329년경

유단, 동명이인이 여럿 있다. 300년경

암 하아레쯔' Am ha-aretz (무지한 자, 문맹인)

베이트 딘Beit Din (세 명의 판관으로 구성된 공회)

베이트 하미드라쉬Beit Ha-midrash (학당)

비쿠르 홀림Bikur holim (병문안)

보즈라Bozrah (에돔의 수도)

브리트 밀라Brit milah (할례)

그룹Cherub (천사, 성경에 자주 언급되는 날개 달린 형상의 이름)

데나리온Denari (로마 은화)

에레브' Erev (성일 전날 저녁)

악한 기질Evil Inclination (하나님의 섭리를 거스르려는 악한 성품)

첫 십일조First tithe (토라에 기록된 긍정적인 계명 중 하나로, 제사장이나 레위인에게 터루마를 헌납한 뒤 남은 작물 중 십분의 일을 가리킨다)

잊은 곡식단Forgotten sheaves ("네가 밭에서 곡식을 벨 때에 그 한 뭇을 밭에 잊어 버렸거든 다시 가서 가져오지 말고 나그네와 고아와 과부를 위해 남겨두라 그리하면 네 하나님 여호와께서 네 손으로 하는 모든 일에 복을 내리시리라(신명기 24:19를 참조하라)")

게힌놈Gehinom (랍비 문헌에 기록된 지옥. 예루살렘 계곡의 이름을 차용한 것)

게마라Gemara (AD 500년경. 미쉬나 해석과 탄나임의 관련 기록)

그밀롯 하사딤Gemilut Hasadim (자선)

이삭줍기Gleanings (가난한 자가 수확하는 일꾼을 따라가며 떨어진 이삭을 줍는 일로 룻기에 자세히 기록돼있다(룻기 2:2~23). 이 관습은 히브리인의 초기 영농법에서 유래했다(레위기 19:9, 23:22, 신명기 24:19~21))

선한 기질Good Inclination (하나님의 뜻을 따르려는 성품)

할라Hallah (제사장에게 돌아갈 떡반죽)

하시드Hasid (경건한 사람)

하요트Hayot (에스겔이 환상 중 병거를 보았을 때 기록된 '생물체')

헤세드Hesed (은혜)

호샤나Hosha'na (초막절 일곱째 날)

이프라 호르미즈Ifra Hormiz (이프라는 아프가니스탄 출신으로 추정되며 페르시아 사산 왕조(AD 302~309년)의 호르마즈드 2세와 혼인했다)

이사'Isa (일정한 밀가루 양)

카바나kavanah (동기)

커투바ketubah (혼인계약서)

모노바즈왕King Monobaz (아디아베네의 헬레나가 낳은 아들, AD 55년부터 통치했다)

샤푸르왕King Shapur (샤푸르 대제, 페르시아 제국의 2대 사산 왕(240~272년경))

쿠파kupah (자선 모금함)

룰라브lulav (야자수의 갈라진 잎, 초막절에 사용하는 네 종Species 중 하나. 나머지 셋은 도금양과 갯버들과 시트론Etrog이며 이를 엮어 '룰라브'라 부른다)

마후자Mahuza (티그리스강 양쪽의 실루기아Seleucia와 크테시폰Ctesiphon이 조성한 고대 도시)

마리트 아인Marit 'ayin (이웃에게 비치는 모습)

마트로나Matrona (로마 여인)

메주자Mezuzah (토라에서 발췌한 구절을 적은 양피지(신명기 6:4∼9, 11:13∼21). 이 구절은 '들으라 이스라엘이여, 여호와는 우리 하나님이요, 여호와는 한 분이시니라'로 시작하는 '쉐마 이스라엘' 기도문을 구성한다. 메주자는 작은 상자에 넣어 문설주에 붙인다)

나크디몬 벤 고리온Nakdimon ben Gorion (니코데무스 벤 고리온, AD 1세기 베스파시안 집권 당시 평화당원으로 부와 명성을 누렸다)

나실인Nazirite (자발적으로 서원한 자를 가리킨다(민수기 6:1∼21))

페아Pe'ah (가난한 자를 위해 남겨둔 밭 모퉁이)

페루타Perutah (작은 동전)

페사흐(유월절)Pesah (애굽에서 종노릇하던 유대 민족의 해방을 기념하는 절기)

가난한 자를 위한 십일조Poorman's tithe (가난한 자를 위한 십일조로 소득에서 십분의 일을 떼어두게 됐다)

풀싱Pulsing (작은 동전)

부림절Purim (페르시아에 살던 유대인이 하만의 계략으로부터 구원받은 때를 기념하는 절기)

로쉬 하샤나(설날)Rosh Ha-shanah (유대력의 첫 달인 티슈리 초하루로 한 해가 시작되는 날이다. 전통에 따르면, 로쉬 하샤나는 최초의 인류인 아담과 하와가 창조된 날인 동시에, 인간이 하나님의 세계에서 실천해야 할 본분을 깨닫기 위해 첫발을 내디딘 날이라고 한다. 아울러 쇼파르를 불고 특별한 음식을 먹는 관습이 있다)

두 번째 십일조Second Tithe (7년을 주기로 첫째와 둘째, 넷째 및 다섯째 해에 거둔 농산물 중 10분의 1을 구별한 것. 예루살렘에 가져와 거기서 먹는다)

셀라sela' (동전)

스랍Seraphim ((불타는 자) 천사의 한 카테고리)

안식일Shabbat (일곱째 날(안식하는 날))

칠칠절Shavu'ot (시내산에 운집한 이스라엘 백성에게 하나님이 토라를 주신 날로 기념한다)

셰히나Shekhinah (하나님의 임재)

슈모네 에스레이Shmoneh Esreh ('몇가지 축사' 기도문)

쇼파르shofar (악기로 제작된 숫양의 뿔)

시안Siyan (금 데나리온)

초막Sukkah (일주일간 지키는 초막절에 쓰기 위해 임시적으로 만든 거처)

타하라Taharah (시신을 씻는 의식)

탈미드 하함Talmid Hakham (학생)

탐후이Tamhui (매주 가난한 자를 위해 모은 것으로 금전이 아닌 현물이다)

탄나Tanna (미쉬나에 기록된 랍비)

성전Temple (예루살렘에 자리 잡은 제1, 2성전)

티쿤 올람Tikun 'Olam (인간은 '세상을 개선하는' 데 일조해야 한다)

토라Torah (좁게는 히브리어 성경의 첫 다섯 책을 가리키나 여기에 랍비의 주석이 포함될 때도 있고, 넓게는 창세기에서 역대상·하(히브리어 성경의 마지막 책은 '말라기'가 아니라 '역대상·하' 다—옮긴이)에 이르는 구약성경 전체를 일컫기도 한다. 좀 더 넓게는 유대교의 가르침과 관습을 모두 아우른다)

짜디크Tzadik (의인)

투르누스 루푸스Turnus Rufus (AD 2세기 초중반에 유대Judea를 관할한 로마 총독)

우샤Usha (AD 2세기 중반, 권위 있는 랍비들이 결성한 주요 회의는 쉐파람Shefar'am 과 티베리아스(Tiberias, 디베랴) 및 세포리스(Sepphoris짓포리) 인근에 자리 잡은 갈릴리 도시 우샤에 소집됐다)

대속죄일(욤 키푸르)Yom Kippur ('속죄의 날'로 속죄와 회개, 금식 및 기도가 중심을 이루는 가장 거룩한 절기)

주짐Zuzim(주즈zuz의 복수) (옛 유대인이 사용한 은화로 바르 코흐바Bar Kochba 반란 당시 주조됐다. 로마제국의 데나리온이나, 베스파시안과 티투스, 도미티안, 티라얀 및 하드리안 왕조 당시 통용된 드라크마에 겹쳐 찍었다. 4주즈나 4데나리온 혹은 4드라크마가 1세겔, 1셀라 혹은 1테트라드라크몬이다)

책의 내용에 대해 의견이나 질문이 있으면
전화 (02)333-3577, 이메일 dodreamedia@naver.com을 이용해주십시오.
의견을 적극 수렴하겠습니다.

하브루타 삶의 원칙 쩨다카

제1판 1쇄 인쇄 | 2018년 10월 5일
제1판 1쇄 발행 | 2018 년 10월 12일

저자 | 리브카 울머 , 모쉐 울머
감역 | 김정완
펴낸이 | 한경준
펴낸곳 | 한국경제신문i
기획 · 제작 | ㈜두드림미디어

주소 | 서울특별시 중구 청파로 463
기획출판팀 | 02-333-3577
영업마케팅팀 | 02-3604-595, 583 FAX | 02-3604-599
E-mail | dodreamedia@naver.com
등록 | 제 2-315(1967. 5. 15)

ISBN | 978-89-475-4416-0 03800